EL BARCO DE VAPOR

VAPOR serie oro

EL BARCO DE VAPOR

serie oro

Katherine Paterson
El signo del crisantemo

ediciones sm   Joaquín Turina, 39   28044 Madrid

Dirección editorial: María Jesús Gil Iglesias
Colección dirigida por Marinella Terzi
Traducción del inglés: Amalia Bermejo
Imagen de cubierta: Alfonso Ruano
Diseño de la colección: Alfonso Ruano

Título original: *The Sign of the Chrysanthemun*

© Katherine Paterson, 1973
    Publicado por acuerdo con HarperCollinsChildren'sBooks, división de
    HarperCollins publishers, Inc.
© Ediciones SM, 1999
    Joaquín Turina, 39 - 28044 Madrid

Comercializa CESMA, SA - Aguacate, 43 - 28044 Madrid

ISBN: 84-348-6699-4
Depósito legal: M-31895-1999
Preimpresión: Grafilia, SL
Impreso en España/ *Printed in Spain*
Imprenta SM - Joaquín Turina, 39 - 28044 Madrid

*Este libro es para John,
cuyo nombre significa
«Dios es misericordioso».*

$\blacktriangledown$ $\blacktriangledown$ $\blacktriangledown$

1 EL HUÉRFANO

MUNA no había subido por el camino de la colina hasta el cementerio desde hacía más de dos años, la última vez que murió uno de los siervos. Así que al volverse y ver el panorama allá abajo, un estremecimiento de placer recorrió su cuerpo. Era hermoso desde la distancia. El arroz ya se había cosechado y, sobre los apagados pardos y verdes del arrozal y el campo, la paja del arroz se secaba en las rozas, dorada bajo el último sol del verano. A la orilla del brillante río se extendían los tejados de la mansión del daimio, como un gran gato perezoso tumbado durante una siesta de verano. A través de los campos, las pequeñas cabañas de paja de los siervos se amontonaban una con otra como una camada de gatitos recién nacidos en busca del calor y la seguridad de los cuerpos de los otros. Más allá de campo, cabaña y mansión estaba el viejo pinar. Y después el mar, cuyas blancas olas estallaban por encima de la costa rocosa. ¿Y más allá del mar? Por los dioses que lo sabría pronto. Pronto, se prometió a sí mismo al darse la vuelta y empezar a cavar la tumba de su madre.

Una vez completa su tarea, Muna volvió a su cabaña, donde encontró a la desdentada esposa de Sato lavando el cadáver. El muchacho se puso de rodillas detrás de ella, en el suelo de tierra, con la mirada baja y dibujada en el rostro una perfecta máscara de tristeza.

—¿Un quimono? ¿No tenía la pobrecilla un quimono para su entierro?

Muna se levantó sin decir una palabra y sacó del pequeño cajón la única ropa decente que su madre había tenido. No se la había puesto nunca, claro. La había reservado para este día, para que nadie menospreciara su pobreza.

Volvió a sentarse detrás de la vieja, cuyas manos ásperas vestían a la mujer muerta con una especie de delicadeza. No veía ninguna expresión en el rostro enflaquecido de su madre.

«Su espíritu no estará disgustado porque yo no llore», pensó. «Su vida fue sólo duro trabajo y dolor y la muerte es su liberación. Y la mía», su corazón latió más deprisa, «y la mía».

Porque ahora nada le retenía ahí en Awa. Podría ponerse en camino hacia la capital y comenzar su búsqueda.

—Pido perdón —al volverse, Muna vio la fea cara del aldeano Sato, que abría la puerta para entrar—. Ha llegado el sacerdote —la voz del siervo tenía un tono solemne, tan inadecuado a sus cómicos rasgos, que Muna se rió por dentro silenciosamente.

«Pobre Sato», pensó, «ahora tú y la vieja tendréis que plantar solos el campo del oeste. Yo no me doblaré nunca más, con los pies en el barro como un búfalo de agua, hasta que la espalda quiera gritar de dolor». Pero por fuera Muna fue el desconsolado huérfano al levantarse para recibir al sacerdote.

Muna tenía tan poca comida para ofrecer a los aldeanos que asistieron al entierro con sus llantos y plegarias, que al caer la noche el último de ellos había vuelto a casa, dejándole solo en su cabaña para encender las velas y rezar.

Las llamas abrían sendos agujeros en la oscuridad y la diminuta cabaña parecía por primera vez enorme en su soledad. Muna no intentó rezar. Se sentó con las piernas cruzadas ante el improvisado altar y rodeó las rodillas con los brazos. Ella se había ido. La única que le había cuidado. Hasta ahora, su madre y él habían sido como esas dos velas en un mundo oscuro y hostil.

—Tu padre era muy alto —recordaba su voz tenue y jadeante—. Un bello samuray. ¡Y su espada! Más grande que tú.

De toda su vida, sólo el bello samuray merecía ser recordado. Había pasado unos cuantos días en Awa, había engendrado a su hijo y nunca había vuelto.

—Se rumoreó que estaba en una misión especial de su excelencia Heike no Kiyomori —contaba su madre como si estuviese revelando un secreto celosamente guardado. Después daba unas palmaditas en las flacas rodillas de Muna—. Estaría muy orgulloso de ti si te conociera.

«Y me conocerá», pensó Muna al pasarse el revés de la manga por los ojos y la nariz.

—Madrecita —susurró a la vela—, tú sólo me veías como un niño. Te asustabas cada vez que me perdías de vista. Pero ya no soy un niño. Tengo que salir de esta isla miserable y encontrar una vida digna de un hombre. Hasta hoy he permitido que tus temores retrasaran mi sueño. Pero mírame ahora sin temor, porque verás a tu hijo recibir su legítima herencia. Voy a encontrar mi verdadero nombre, el nombre de la familia de mi padre —y añadió con voz más fuerte—: Quiero ser alguien con quien se haya de contar en este mundo. No quiero que los hombres me desprecien y me llamen Muna: el que no tiene nombre. No. Se inclinarán cuando yo pase. Se postrarán ante mí y me pedirán favores. Llevaré una espada que traerá nueva gloria a mi noble padre y a tu espíritu. Pero por algún tiempo tendré que dejar tu tumba desatendida, mientras cumplo esas tareas. Primero tengo que encontrar a mi padre...

—¿Pero cómo puedes estar seguro de que eres mi hijo? —en sus pensamientos la escena se repetía, el elegante guerrero le miraba despectivo, con una severa dignidad que no podía esconder una bondad melancólica.

Y Muna le miraba directamente a los ojos:

—Por el crisantemo.

En ese momento los ojos del gran guerrero se dulcificarían y diría con voz emocionada:

—Hijo mío, hijo mío, los dioses son bondadosos.

El muchacho estaba tan perdido en sus ensoñaciones que tardó unos momentos en darse cuenta de la presencia de otra persona en la habitación. ¿El espíritu de su madre? Su falta de dolor quizá la había ofendido. Muna se llevó la mano a la boca para evitar un grito.

—Te pido perdón, chico —Muna oyó con inmenso alivio la voz profunda de Sato—. No tengo excusa por interrumpir tu duelo —el viejo aldeano tosió dándose importancia—, pero ha entrado un barco... —¿un barco? Seguramente era un signo de los dioses—... y el daimio envía recado de que debe descargarse enseguida.

«Gracias, madrecita». El muchacho se inclinó hacia las velas antes de apagarlas de un soplo.

—Ve tú delante, Sato. Ahora te sigo.

El viejo se retiró murmurando frases que le parecían apropiadas para la solemne ocasión.

Tan pronto como Sato se alejó por el camino, Muna se levantó de un salto. Sacó rápidamente unas cuantas tortas de arroz de un tarro que había guardado de la comida del funeral, las envolvió en un pañuelo y las metió bajo la túnica.

Se ató un par de sandalias de esparto y se puso un pañuelo de trabajador alrededor de la frente. Después bajó corriendo el estrecho sendero hacia la costa entre las cabañas, a través del pinar, sacudiendo a cada paso contra su pecho el paquete con las frías tortas de arroz.

▼ ▼ ▼

2 EL REY DE LOS PIRATAS

UNA nube cubría la luna, pero los criados de la casa grande habían traído antorchas y a su luz pálida los siervos del señor Yoshikuni, daimio de Awa, se movían como hormigas en dos filas, subiendo y bajando al barco por la plancha que lo unía a la costa. El sudor caía a chorros por la cabeza de Muna y lo absorbía el pañuelo que se había atado alrededor de la frente. Como los demás, canturreaba una especie de sonsonete mientras trabajaba. En la parte alta de la plancha ya estaba una buena parte del arroz que ellos habían cosechado con tanto esfuerzo; en la parte baja se encontraban los rollos de sedas, los vinos chinos y otras exquisiteces de la vida cortesana en la capital que su daimio deseaba a cambio.

Aunque permanecía con la cabeza inclinada, los ojos de Muna se esforzaban cada vez que entraba en el barco y

▲
12

bajaba a la bodega. Tenía que encontrar un lugar en el que poder esconderse sin que nadie lo notara.

—¡Chico! Coloca el arroz ahí arriba, contra esos otros sacos.

Muna fue arrastrando los pies, como si fuese el siervo tonto que el capataz pensaba que era. Pero cuando llegó al lugar descargó con cuidado el saco, dejando el espacio justo para su propio cuerpo entre los dos montones.

—¡Deprisa, estúpido! —gritó el capataz desde arriba—. ¡Vamos! ¡Pon atención! Eso es cerámica. No la dejes caer.

Muna asintió tan tontamente como pudo, subió la escalerilla con la cerámica embalada y bajó por la plancha. Estaba encantado al ver que su plan funcionaba tan bien. Seguramente los dioses estaban de su parte esa noche.

En sucesivos viajes, Muna observó al capataz del barco en espera de su oportunidad. Por fin, un marinero se paró y entabló una animada conversación. Muna dejó su carga en silencio, gateó rápidamente sobre el montón más cercano a la bodega y se introdujo en ella por el hueco preparado entre las balas de arroz.

Allí agazapado oyó cómo terminaban la carga y el capataz despedía a los siervos. Pensó incluso que oía la voz de Sato llamándole entre los ruidos de los marineros que se preparaban para zarpar.

—¿Muna? ¿Muna?

Cómo odiaba su nombre. El daimio se lo había dado. El muy tonto tenía pretensiones de chino erudito y, al nacer Muna, había pensado que era una broma estupenda dar a un siervo bastardo un nombre que significa «ningún nombre».

Ahora la plancha estaba recogida y el barco se movía suavemente desde el muelle hacia el mar del Japón.

Al principio Muna sólo sentía la emoción de su aventura, hecho un ovillo en la bodega oscura, entre los sacos de arroz. Pero cuando el pequeño barco salió a mar abierto y en la bodega el calor se hizo más intenso, empezó a sentir algo más en el estómago. ¿Hambre? Pensó en las tortas de arroz, pero tenían que durar para un viaje de varios días. Sería una locura comerlas tan pronto.

Entonces se dio cuenta de que no era hambre, sino algo mucho peor. Una vez, cuando tenía siete años, había comido un trozo de pescado pasado... No, mejor no pensar en su estómago. Trató de evocar la visión de su padre guerrero. Empezó por la larga espada. Junto a ella añadió una gran armadura y un magnífico casco con cuernos. Bajo la armadura, sobre el hombro izquierdo, había un diminuto crisantemo tatuado, el signo por el que sabría que este noble samuray era efectivamente...

De repente las bruscas demandas de su estómago revuelto nublaron todo pensamiento. Intentó desesperadamente aferrarse a la visión ya borrosa; rogar al espíritu de su madre; cantar una extraña canción que Sato le había enseñado una vez. Fue inútil, todo inútil.

Más tarde se asombró de que un chico que en toda su vida había metido tan poca cosa en su barriga pudiese echar tanto en tan poco tiempo. Lo limpió lo mejor que pudo con el pañuelo de la cabeza y se quedó dormido, exhausto.

En cubierta, el ronin Takanobu se servía generosamente otro cuenco de arroz.

—Ves —se quejó el capitán—, casi te has comido tú solo nuestros víveres. Por qué se me habrá ocurrido buscar a un ronin para protegernos: ni un pirata a la vista en todo el camino. Sólo tú, llenando tu gran barriga con mi arroz y soplándote mi vino —movió la cabeza con desaliento.

Takanobu se reía, dejando caer granitos del precioso arroz.

—Vamos, capitán. Tiene suerte de que yo esté a bordo. ¡Podría asustar a toda una flota de piratas sólo roncando! —se rió de nuevo de su propio chiste, después recogió cuidadosamente con los palillos cada grano caído y volvió a introducirlos en la boca.

El capitán le miraba boquiabierto.

—¿Cómo has llegado a ser ronin, Takanobu? ¿Tu señor te pilló robando o los dioses misericordiosos le llevaron al Paraíso al verle acosado hasta la muerte por su propio criado?

El ronin levantó las cejas en fingida sorpresa:

—Es usted gracioso, capitán. Le había juzgado mal. Pero no, yo mismo elegí ser ronin.

—Lo eligió tu amo, sin duda.

—Ja, ja, ja. Gracioso, muy gracioso —Takanobu terminó

su comida con otro vaso del vino de arroz que menguaba rápidamente—. ¡Por usted, mi capitán! —fingió un saludo a su disgustado anfitrión, después se abrió camino vacilante por la cubierta y bajó a la bodega. Era demasiado alto para estar de pie allí abajo, pero raras veces lo hacía. Se dejó caer en la esterilla que usaba como lecho y se preparó para dormir.

—Hummm. Hummm.

El samuray renegado se sentó de golpe y echó mano a la espada.

—Hummm.

El gruñido venía del montón de fardos en la popa. Ya completamente sobrio, Takanobu se arrastró por el suelo y se arrodilló junto a un saco para escuchar. Además del quejido oía ahora una respiración regular. Fuera quien fuera el que se quejaba, estaba dormido. De eso no cabía duda. Takanobu retrocedió silenciosamente hasta la puerta de la bodega y subió la escalera. Allí, en cubierta, el guardia de noche volvió su farol para ver quién se acercaba.

—Necesito este farol, marinero.

El hombre abrió la boca para protestar, pero todos estaban tan acostumbrados al despotismo del guerrero que se limitó a encogerse de hombros cuando Takanobu desapareció otra vez por la bodega.

Los sacos estaban amontonados casi hasta el techo. Takanobu empujó uno con cuidado para ver si descubría al misterioso gruñón. Era un muchacho; por el aspecto de su ropa, uno de los siervos que habían cargado el barco. Viajaba como polizón.

Takanobu se acercó hasta él:

—¡Eh, tú! —susurró ásperamente.

El polizón dejó escapar un grito ahogado y se sentó. La luz del farol se reflejaba en los ojos aterrados del chico.

—Soy el rey de los piratas. Todos los que están a bordo de este barco son ahora mis esclavos —y Takanobu lanzó una risotada horrible.

Muna no tenía ningún plan, excepto que nunca sería el esclavo de un pirata. Mucho menos cuando su sueño estaba tan cerca de realizarse. Apoyó la cabeza y el hombro contra el montón de sacos y empujó con toda su fuerza.

Takanobu se apartó de un salto del camino de los sacos que se derrumbaban y sujetó el farol apartado de su cuerpo. No deseaba que una bromita le hiciera terminar quemando el barco. Mientras tanto, el chico saltaba por encima de los sacos derribados y echaba a correr por la escalera.

Antes de llegar a medio camino, la mano del guerrero le sujetó por la espalda.

—No tan deprisa, mocoso. Si te pongo el farol en el trasero te convertirás en una pobre luciérnaga.

—Suéltame, perro pirata —Muna pateaba con furia.

—¡Vaya! —exclamó el ronin con respeto—. Ni un mocoso, ni una luciérnaga. Eres un verdadero asno, chico. Vamos, sube de una vez la escalera —le soltó, pero antes de que Muna llegase arriba Takanobu había sacado su larga espada y, tocando apenas con la punta las nalgas del chico, le siguió hasta la cubierta.

—¡Capitán!

El capitán y la mayor parte de la tripulación venían corriendo. Habían oído el ruido de los sacos al caer y sabían que el ronin estaba cazando algo más que ratas.

—¡Mire lo que he encontrado! ¡Admítalo ahora! ¡Valgo todo el arroz y el vino que le he costado!

—¡Ha dicho que era un pirata! —gritó el chico.

—Yo soy así. Es una forma de hablar.

Los marineros se reían a carcajadas. El chico dejó caer los hombros.

Takanobu volvió a envainar la espada y le dio el farol a uno de los marineros.

—Vamos, capitán, un poco de arroz para nuestra rata de bodega.

—¡Arroz! Vamos a dar la vuelta ahora mismo y a devolver al pequeño pícaro. ¡Arroz! —el capitán escupió en la cubierta—. En verdad eres un pirata, Takanobu.

—Está bien. Dé la vuelta, capitán. Tiene viento favorable, perderá al menos un día, quizá más, y la estación de los tifones se acerca. Estará llamando a los piratas. Pero dé la vuelta. Puede perder su prestigio... llevando a un polizón a la capital.

El capitán gruñó enfadado.

—Pirata. Voy a hacerte responsable de este pasaje.

—Claro, claro —Takanobu movió la mano altanero—. Y ahora un bol de arroz y un poco de pescado seco, por favor.

Pero, cuando lo trajeron, el chico se dio cuenta de que no podía comer nada, así que Takanobu tuvo que comerlo por él.

—Para evitar que el capitán se disguste —explicó.

3 LA CAPITAL

SOPLABA un viento suave del sur. El barco hacía su lento camino alrededor de la punta meridional de la isla Awaji, para subir después bordeando su costa este y pasar más allá del estrecho de Kii, que es la puerta del gran océano. A bordo, los marineros maldecían impacientes la debilidad del viento, porque se acercaba la época de los tifones y estaban ansiosos por llegar a la desembocadura del río Kamo, más allá del alcance de las tormentas y también de los piratas.

Pero Muna no estaba impaciente. Su estómago se había acostumbrado por fin al balanceo del barco y él contemplaba alegremente a través del agua la nebulosa ladera de la montaña que se elevaba a distancia.

—¿Cómo va tu barriga?

Muna se sobresaltó. El gran guerrero se echó a reír; luego

se inclinó hasta que su cabeza quedó al nivel de la del chico.

—No me has dicho tu nombre todavía, mocoso.

El chico miraba fijamente al agua.

—Me llaman Muna.

—¿Muna? ¿Ningún Nombre? ¿Qué clase de nombre es Ningún Nombre? —Takanobu echó la cabeza hacia atrás y soltó una risotada—: Ja, ja —el sonido parecía irse lejos entre las brillantes olas.

Muna permaneció silencioso, con la cara encendida, soportando las risas del guerrero como si fueran un ataque físico. Los insultos de toda una vida estaban ligados a aquel nombre, «Ningún Nombre». Pero ahora él iba a hacer que cambiara. Encontraría a su padre y el noble nombre al que tenía derecho. Mostraría a los siervos de Awa y a este ruidoso ronin...

La risa se detuvo bruscamente.

—¿Pero quién soy yo para reír? Si tú eres un chico sin ningún nombre, no eres peor que yo —se golpeó el pecho—. Yo soy un samuray sin un señor. Un ronin —sonriendo, dio al chico una amistosa palmada en los hombros que casi le tira por la borda—. Un ronin y un bastardo. Hacemos buena pareja, ¿eh?

Muna se volvió y miró descaradamente al hombre. La cara ancha y curtida estaba rematada arriba por un moño atado con desaliño y abajo por una barba que parecía haber crecido sin que su propietario lo notase o la cuidase. La túnica azul y los pantalones del guerrero estaban tan descoloridos y andrajosos como los del mismo Muna. Los pies calzados sólo con unos zuecos de madera. De no ser por la banda negra que sujetaba la larga espada, nadie le hubiera tomado por un guerrero.

Takanobu dio un paso atrás, separó los pies y colocó sus fuertes manos en las caderas.

—Y ahora, ¿qué? ¿Das tu aprobación, mocoso?

Muna tartamudeó desconcertado:

—Yo... yo nunca había visto a un hombre que dijese que era un ronin.

—¿Es eso peor que un chico que se llama Ningún Nombre? —alargó la mano, pero esta vez Muna evitó la palmada amistosa por miedo a que lo derribase.

De pronto, el barco se animó con los gritos de los marineros.

—Ahí delante, mocoso —señaló Takanobu—. La desembocadura del Kamo. Estaremos en Heiankyo al caer la noche.

—¿Adónde vais los dos piratas? —vociferó el capitán hacia el embarcadero donde Takanobu había llevado en silencio a Muna cuando el viejo estaba de espaldas—. ¡Takanobu! ¡Quiero el precio del pasaje o el chico se queda a bordo!

Muna miró hacia arriba, a los gestos furiosos del capitán, y después a la cara arrogante de Takanobu.

—¡El chico viene conmigo! —el grito del ronin se oyó por encima de los cánticos y charlas del puerto de Rokuhara.

—¡Págame!

Takanobu levantó las dos manos en el aire, en un gesto de transparente inocencia.

—¡Naturalmente! ¡Por mi honor! —después dijo entre dientes a Muna—: Cruza hacia la capital por el puente Gojo. Vete a la puerta Rashomon —Muna dudaba—. Como si te persiguiese el diablo. ¡Corre! —se volvió lentamente hacia la cubierta, tapando al chico de la vista del capitán—. Por el honor de esta espada, ¡te lo juro!

—¿Cuándo?

—¡Más tarde! —rugió el ronin. Y también él puso pies en polvorosa, dejando que el capitán farfullara encolerizado.

Muna era pequeño para sus trece años, pero ligero de pies. Se abrió camino por el puente entre los empujones de la muchedumbre. Estaba oscureciendo y su figura menuda se perdió entre los buhoneros y comerciantes del puente, que habían terminado su jornada de trabajo en los muelles o en el mismo Rokuhara.

—¡Abrid paso! ¡Abrid paso! —cuatro criados con ropas de brocado de seda empujaban a la gente hacia atrás con sus alabardas, haciendo sitio para un pequeño carruaje tirado por bueyes, que venía a Rokuhara desde Heiankyo. En Awa, ni el mismo daimio era dueño de un carruaje así. Estaba lacado en negro, con flores y mariposas grabadas en pan de oro. Si la alabarda de un criado no le hubiera sujetado el pecho, Muna podía haberse atrevido a alargar la mano y tocar el carruaje. Quizá su padre tuviese uno así. Por un momento imaginó que detrás de las cortinas cerradas se sentaba un magnífico samuray que iba a visitar al señor Kiyomori, jefe del clan Heike, en su mansión de Rokuhara. Si sus criados vestían sedas, ¿qué vestiría aquel hombre? Y Muna inclinó la cabeza ante el carruaje, por si se tratara de su padre o de alguno de sus parientes. Una vez había pasado, siguió su camino por el puente Gojo hacia Heiankyo, la Capital de la Eterna Paz, que estaba al otro lado.

Durante un corto trayecto, Muna pasó por la calle que bordeaba la orilla este del río Kamo; pero estaba ya muy oscuro y sabía que tendría que preguntar a alguien por el camino hacia la puerta Rashomon para poder encontrarla esa noche. Se volvió en dirección al este por una calle ancha, que llenaba la noche veraniega con el sonido de una música bulliciosa. Había muchos hombres en la calle, y mujeres pintadas asomadas a las ventanas de las casas sonreían y los llamaban.

—¡Sólo unas cuantas monedas! —decía a los que pasaban una vieja sentada a la puerta de una casa—. Nunca echarás de menos las monedas y nunca olvidarás esta noche —se echó a reír cuando un hombre la rozó al pasar para entrar en la casa. Después siguió con el soniquete de su invitación.

—¡Eh, tú! —llamó en voz alta. Muna se había parado delante de la casa, observándola con la boca abierta por el asombro—. ¡Tú! ¡Lárgate, chico! Una cara como la tuya es mala para el negocio —rió de nuevo cuando algunos hombres que perdían el tiempo junto al edificio le rieron el chiste—. Un poco verde para las casas de la avenida Rokujo, ¿no os parece? —les preguntó señalando a Muna con la punta de la nariz. Ellos volvieron a reírse.

Muna empezó a andar rápidamente, con la cabeza baja para ocultar su turbación. Todo era demasiado diferente de lo que esperaba. ¿Era esto Heiankyo, la Capital de la Eterna Paz? ¿Dónde estaban los nobles samuráis con sus calladas y discretas damas? ¿Dónde estaban los magníficos palacios y los majestuosos templos? Por todos los dioses, ¿dónde estaba la puerta Rashomon? ¿O al menos, alguien a quien pudiese preguntar? ¿Y si hubiese perdido a Takanobu definitivamente? El pensamiento se agarró a su estómago como un dolor agudo. Estaba solo en esta ciudad terrible. Se moriría y su padre no lo sabría nunca. Se moriría solo y sin nombre y a nadie le importaría.

«Madrecita, ¿por qué abandoné tu tumba?» Muna iba dando traspiés por las calles oscuras de la ciudad. Pasó ante un templo y pensó en pedir refugio para la noche, pero las puertas le impresionaron. Con sus ropas andrajosas y sin una sola moneda que ofrecer, le avergonzaba que el sacerdote le tomara por un vulgar mendigo.

Junto a los jardines del templo, un hombre viejo barría una tienda pequeña. En principio Muna habría pasado de largo, fingiendo saber adónde se dirigía, pero el olor a sopa de judías que salía por la puerta abierta venció su orgullo.

—Por favor, perdone mi rudeza —el hombre levantó la vista al oír el fuerte acento aldeano del chico, y su silencio amable animó a Muna a continuar—: He venido hoy a la capital y tengo que encontrar a un conocido en la puerta

Rashomon... —Muna se detuvo. Su voz, que él había creído viril y segura, solamente sonaba pomposa.

Traicionaba también su juventud, porque el hombre dijo:

—No vayas allí después de oscurecer, hijo. Rashomon es el paraíso de los ladrones.

Muna tenía miedo de ponerse a llorar si hablaba. Con una risa que terminó como un sollozo, dijo:

—Eso no importa, yo no tengo dinero.

El anciano le empujó dentro de la casa.

—Akiko, tenemos un invitado para la cena —anunció en voz alta. Después se volvió a Muna—: Tienes que pagar tu cena contándonos tu historia a mi hija y a mí: de dónde vienes y cómo has hecho el viaje a la capital.

La muchacha que apareció era sorprendentemente joven; casi de su misma edad, creía Muna. El hombre lo miró y se echó a reír.

—Una bonita flor para una vieja rama nudosa como yo, ¿no te parece?

El chico bajó la cabeza y enrojeció. Esta gente de la ciudad podía ver dentro de la cabeza de uno.

—No te preocupes. No estoy ofendido —señaló un cojín para que Muna se sentase—. Me llamo Kawaki y hago sandalias. Nos honra tenerte en nuestra humilde tienda. Para nosotros es un raro placer recibir a un invitado de provincias.

La comida caliente y la inesperada amabilidad del viejo Kawaki y de la joven Akiko llenaron a Muna de una especie de dicha que nunca había conocido. Pero era gente humilde y él no quería parecer arrogante jactándose de su padre samuray. Así que en respuesta a sus preguntas dijo sencillamente que era un huérfano que había venido a Heiankyo decidido a buscar fortuna. Y para entretenerlos les contó sus aventuras en el viaje. Al imitar los modales feroces de Takanobu: «¡Yo soy el rey de los piratas!», Akiko, que no había dicho nada al servirle tímidamente la cena, se enganchó tanto en la historia que tuvo que reírse abiertamente, olvidando taparse la boca al hacerlo.

Muna estaba encantado. Empezó otra vez a contar la historia especialmente para ella. Los ojos oscuros de la muchacha brillaban de regocijo. Tener a una chica de su misma edad admirándole, en realidad, de cualquier edad, reconfortaba su espíritu lo mismo que la sopa de judías calentaba su barriga.

Cuando salió de la tienda a la mañana siguiente, muy temprano, Kawaki y Akiko fueron con él una parte del camino hacia la puerta Rashomon, rogándole que volviera a verlos otra vez. Les prometió hacerlo, jurándose a sí mismo que los recompensaría cuando recibiese su herencia.

Esa mañana a Muna la capital le pareció hermosa, con el sol encendiendo las nubes por encima de las colinas del este. Una pareja de cuervos se llamaban uno a otro desde los tejados vecinos, como dos viejas comadres. Muna deseaba reír de alegría. Emprendió una carrerilla, bebiendo a tragos el aire fresco de la mañana mientras corría.

Después siguió paseando lentamente, porque entre la neblina matinal veía ya los contornos de la gran puerta. Al acercarse, se dio cuenta de que los bultos grises junto a la base de las columnas eran hombres. Eran los mendigos que no conocían otro hogar. Muna se había sentado en los peldaños de la puerta a esperar al ronin, cuando oyó un sonido familiar. Un ronquido saludable.

—¡Takanobu! —gritó el chico, encantado. Corrió hasta el cuerpo dormido y lo sacudió—. Soy yo, Muna. Por fin he encontrado el camino.

—¡Alabado sea el demonio! —dijo con un bufido el ronin, y se volvió para seguir durmiendo.

4 En El Perro Rojo

MIENTRAS esperaba a que el ronin se desperta-
se, Muna contempló asombrado la escena que, al avanzar
la mañana, cobraba vida en los escalones de la puerta Rashomon. Abiertas en abanico a cada lado, había fila tras fila
de diminutos tenderetes donde, si uno tenía un poco de
dinero, podía comprar pescado, ropa barata, sandalias, y
hasta diversión, porque había músicos ambulantes y, bajo
un árbol, tres muchachas bailaban para entretener al escaso
público.

Pasaban vendedores, encorvados bajo la pesada carga,
pregonando zuecos y amuletos de la buena suerte, grillos
en pequeñas jaulas de bambú. Un vendedor de fideos, con
su brasero en un extremo de la vara y cuencos de comida
en el otro, llamaba a voces a la gente. El olor de los fideos
cociéndose en el caldo llegó a la nariz de Muna. De no

haber comido con el hombre de las sandalias y su hija, habría desfallecido. Aun así se dio cuenta de que estaba hambriento otra vez.

Los comerciantes vestían pobremente y la mayor parte de las mercancías eran de poca calidad. Pero a Muna, que sólo había conocido la vida miserable de un siervo, le parecían magníficas. Eran los otros, las extrañas y pequeñas criaturas que parecían vivir a la entrada de la puerta, los que horrorizaban al chico. Todos parecían iguales, afiladas caras de pájaro, ojos sin vida que asomaban bajo el pelo sucio y enmarañado. Harapos en lugar de ropa colgaban de sus cuerpos doblados.

Una de esas criaturas estaba observando a una mujer que asaba carne sobre un brasero de carbón. La mujer se volvió para hablar a un cliente que parecía quejarse del trozo de carne que acababa de comprar. El hombre olió la carne con atención y luego la colocó bajo la nariz de la mujer. Los dos gesticulaban enfadados. Por fin el hombre tiró el trozo de carne. El pequeño anciano que había estado observando la escena se lanzó sobre él y lo cogió casi antes de que tocara el suelo. Salió disparado hacia el pórtico, pero dos mendigos más jóvenes le bloquearon el camino. Hubo una pelea en la que pronto vencieron los otros dos, quedándose con el trofeo del hombre más viejo. Los maldijo a gritos y, después, el anciano subió cojeando las escaleras hasta un oscuro rincón del pórtico donde pudiera curarse de su decepción.

El chico volvió la cara. La escena le ponía enfermo y despreciaba a la criatura cuya miseria causaba este malestar. Vio con alivio que Takanobu se despertaba. Pronto irían a ver las grandes cosas de la capital con la que tantas veces había soñado.

—Supongo que no tendrás ni una moneda —le dijo Takanobu mientras se lavaba la cara en la fuente pública junto a la puerta. Muna, en cuclillas junto a él, sacudió la cabeza—. La suerte de siempre —el ronin se encogió de hombros. Se levantó y se secó la cara con el faldón de su túnica—. Así que tomé en préstamo un poco de suerte de nuestro amigo el capitán —sacó de los pliegues de la ropa algo que brillaba al sol—. Lo primero es encontrar al viejo Cara Ciruela.

Por un momento el chico no entendió del todo. Algo iba mal, muy mal. Un presentimiento zumbó en su cabeza como una enorme avispa. Después se iluminó: «Takanobu había robado algo en el barco». El samuray era un ladrón.

En Awa, Muna había visto una vez a un ladrón, un siervo que había robado un pollo del corral del daimio. Al hombre le habían cortado las manos y habían quemado su casa hasta reducirla a cenizas. Los otros siervos habían tirado piedras al hombre cuando huía corriendo a las montañas, herido y dando gritos.

Pasmado por el horror, Muna seguía ahora por la plaza del mercado a ese ladrón feliz y bromista.

Cara Ciruela resultó ser un vendedor ambulante. Sin duda debía su nombre a una gran mancha púrpura que desfiguraba la parte izquierda de su cara. A Muna le costaba trabajo mirarle a los ojos.

—Vamos, Cara Ciruela —discutía Takanobu—, tú sabes que vale más que eso. Es plata maciza. Cógela.

—¿A quién se la has robado? —la voz del comerciante era áspera, pero cogió el objeto.

—¿Robar? —preguntó Takanobu ingenuamente—. Una joya de familia, por mi honor.

El vendedor escupió al suelo por un lado de su boca torcida. Después dio vuelta en las manos al pequeño Buda de plata. Muna se miraba los pies y Takanobu se movía con impaciencia. Por fin, Cara Ciruela sacó unas cuantas monedas de plata de un bolsillo del cinturón. Takanobu extendió su gran mano y cerró rápidamente los dedos sobre el dinero.

—Hasta la próxima, ronin —se despidió con voz seca el vendedor.

Takanobu empezó a bajar por Suzaku Oji, la ancha avenida bordeada de sauces que iba de la puerta Rashomon al Palacio Imperial. Muna le pisaba los talones, dando saltos para poder seguir las largas zancadas de su compañero. Según avanzaba, Takanobu guardó las monedas del comerciante en un pañuelo y las metió bajo su túnica. Así, no había un castigo para el delito del ronin. La ciudad era un lugar extraño. En la avenida Rokujo torcieron hacia el oeste.

Con el corazón latiendo como un tambor, Muna reconoció la calle bulliciosa donde se había puesto en ridículo la noche anterior. Rezó para que nadie lo reconociera. A mediodía, la calle era un lugar agradable, bullicioso, pero las casas con las ventanas enrejadas parecían burlarse de él al pasar.

Takanobu se volvió bruscamente en el quicio de una puerta.

—Bienvenido a El Perro Rojo —dijo por encima del hombro al separar la cortina que colgaba a la entrada.

La pequeña habitación estaba casi llena de hombres que comían y bebían ruidosamente. La mayor parte iba tan harapienta como el ronin y el mismo Muna. Unos cuantos levantaron la cabeza y sonrieron.

—Bienvenido a casa, Takanobu. Hacía ya mucho tiempo —exclamó una joven camarera.

—Sí. Es bueno estar en casa, Reiko —Takanobu dio una palmadita en la mejilla de la chica—. ¿Cómo está tu bella señora?

Una mujer gorda asomó la cara por la puerta de atrás:

—No hay crédito.

Takanobu levantó las dos manos.

—¡Nunca te fías de mí!

Hizo que Muna se sentara y pidió fideos para los dos y vino de arroz para él. La mujer gorda se quedó de pie cerca de ellos, mirándolos furiosa. Con gestos estudiados, Takanobu sacó el pañuelo de su túnica, desató la punta y depositó una de las monedas de plata en la mano de la mujer. Ella miró la moneda como si dudase de que fuera auténtica. Luego se encogió de hombros, dio un bufido, sacó el cambio en monedas de cobre del bolsillo del cinturón y se retiró a la cocina.

Dos hombres que llevaban espadas se unieron a Takanobu y Muna en su mesa baja.

—Koishi, Ogasa; mi amigo Muna, el pequeño sin nombre —Muna se inclinó y trató de esconder su sonrojo. Los hombres se inclinaron hacia él sin interés—. Ahora, dime, Koishi. ¿De qué dirección viene el viento con más fuerza?

—Del oeste —contestó el más bajo de los dos hombres.

—¿De veras? —Takanobu levantó una ceja.

—Sin duda —dijo Ogasa—. Pero ya se sabe que los vientos cambian, ¿no?

Takanobu sonrió. Muna estaba demasiado asustado para interrumpir esa peculiar conversación, pero no entendía nada de lo que estaban diciendo. Le confundió todavía más que Takanobu dijera:

—Yo creo que el chico puede conseguir un puesto en los establos. Un buen lugar para olfatear el viento, ¿no estáis de acuerdo?

Los hombres se rieron y empezaron a decidir entre ellos el futuro de Muna sin consultarle. Se decidió que Ogasa llevaría a Muna a las cuadras imperiales en cuanto terminasen de comer, porque cuanto antes estuviese trabajando, mejor.

—Y además —dijo Takanobu— tengo estas monedas para gastar esta noche en la avenida Rokujo. No es un lugar para un chico sin barba, ¿verdad?

Todos rieron inclinándose hacia delante y dando palmadas en las rodillas.

Hasta a un chico aldeano como Muna le parecía raro que este ronin andrajoso tuviera influencia en las cuadras imperiales. Resultó que Ogasa conocía a un vendedor de tortas de judías que conocía a la criada de una taberna que conocía a uno de los mozos de cuadra. El mozo estaba de acuerdo en coger al chico a cambio de un modesto soborno. De esta manera, Muna se convirtió esa tarde en uno de los chicos que trabajaban y vivían en los establos de la Guardia Imperial.

A los chicos del establo no se les confiaba el arreglo de los valiosos caballos de guerra de los hombres de la guardia. Limpiaban los establos, cargaban los alimentos para los animales y servían a los mozos y a los soldados asignados a los establos. La jornada era larga y el trabajo duro, pero al principio Muna no se quejaba, porque tenía más calor y mejor comida que nunca había tenido en Awa. Además había que añadir el atractivo del escenario: los hermosos caballos y los magníficos samuráis Genji y Heike que los montaban. ¡Uno de ellos podía ser su padre! Pero ese atractivo se nubló cuando Muna se dio cuenta de que el capitán del establo nunca permitía a los chicos hablar a los hombres de la guardia.

—Es como si fuéramos parias —gruñía Muna para sí.

El encuentro de Takanobu con Cara Ciruela se le había atragantado al chico como un hueso en la garganta. Pero ahora, al comparar al ronin con los hombres inaccesibles de la Guardia Imperial, le reconfortaba al menos que el ronin no le despreciase; de hecho le había protegido del capitán del barco. Y, por alguna razón, en la capital la moralidad parecía escrita en un lenguaje que el chico no entendía aún. En Awa, los pobres vivían para siempre bajo el yugo del daimio, pasara lo que pasara, no podía ser de otro modo. Pero aquí estaba Takanobu, uno de los menos afortunados del mundo según su propia confesión, que no se sentía obligado a terminar su vida bajo el yugo de nadie. Si uno no tiene suerte, parecía razonar el ronin, debe buscarla; o tomarla prestada, o robarla. Takanobu hacía esto último con tal ostentación, que hasta sus víctimas no podrían despreciarlo por completo. Y Muna, que había hecho amistad con él, cada vez se sentía más atraído por el picaresco encanto del ronin. Empezó a atarse el pelo en lo alto de la cabeza en la versión descuidada de moño de samuray que cultivaba Takanobu. La voz de Muna estaba cambiando y eso no tenía remedio, pero él practicaba en privado las divertidas obscenidades y modales irreverentes de Takanobu.

Al mismo tiempo que aumentaba su obsesión por el ronin, la imagen de su padre se desvanecía. En su interior justificaba el hecho de no estar buscando a su padre diciéndose que tenía que aprender más de la capital, hacer amistad con personas influyentes antes de proseguir la búsqueda. Además, ¿no debía algo al hombre que le había salvado de las iras del capitán del barco y le había ayudado a encontrar trabajo en la ciudad?

Aunque nunca lo había acordado con palabras, Muna tomaba las pocas monedas de cobre que ganaba cada semana y se las daba a Takanobu, que todavía no había conseguido encontrar trabajo. Siempre se veían en El Perro Rojo. Generalmente Koishi y Ogasa se reunían con ellos. Los hombres presionaban a Muna para que contase los chismorreos que había oído a los soldados. Él empezó a disfrutar alimentando sus oídos con los cuentos que recordaba y hacía un esfuerzo especial por quedarse alrededor de los soldados para enterarse de más chismes que narrar en su audiencia semanal.

—Esta semana los guerreros de Genji están más enfadados que nunca —informó una noche a finales de noviembre.

—¿Por qué? —preguntó Takanobu, y los tres se inclinaron hacia Muna.

Por supuesto, el chico no sabía lo que pensaban los miembros de la Guardia Imperial de Genji. No se acercaba a ellos más allá de las cuadras, pero sabía lo que decían los soldados del establo y los mozos de cuadra, e informaba de ello con el aire de quien ha escuchado secretos de estado.

—Su Majestad ha dado al señor Kiyomori otra gran propiedad. Ahora amontona cada vez más honores en el Heike —hizo una pausa para concentrarse en su taza de té—. Yo creo que los Genji están muy celosos por su clan —los hombres sonrieron—. Pueden estarlo —continuó Muna—: El señor Kiyomori es el más grande samuray de todo Japón.

Hubo un silencio. Ogasa se aclaró la garganta ruidosamente.

—No sabía que fueses tan gran admirador de los Heike, mocoso —Takanobu se apoyó en un codo y estiró sus largas piernas en la estera del suelo.

—Sí —los ojos de Muna brillaban—. Yo le vi una vez en los establos; no es muy alto, sabes, pero es muy fuerte. Miró hacia mí y yo empecé a temblar —los hombres se reían—. Creo que nunca te lo he dicho —Muna trató de que su voz sonara indiferente—, pero mi padre es un guerrero Heike.

—Vaya —Takanobu se sirvió más vino—. ¿Cómo lo sabes?

—Porque mi madre me lo dijo.

Los tres hombres le estaban mirando, pero él no podía deducir de sus expresiones lo que pensaban. Inmediatamente deseó no haberlo dicho. Creerían que era un tonto fanfarrón.

Con el paso de las semanas, a Muna le pareció que los tres hombres estaban más fríos con él. Cada vez recogía más cosas para contarles, pero se mostraban menos interesados que antes. Por dos veces fue a El Perro Rojo y ninguno de ellos apareció; y tuvo que dejar su dinero a la joven Reiko y fiarse de que ella se lo entregase a Takanobu. Estaba seguro de haber ofendido al harapiento ronin, que había sido tan amable con él.

Fue un frío invierno. La rivalidad entre los guerreros de los clanes Genji y Heike seguía creciendo. Y cuando los soldados pasaban las largas tardes de invierno sentados alrededor de sus pequeñas estufas de carbón, hablaban. Y en sus ociosas conversaciones encontraban resentimientos que antes no habían sentido personalmente.

Los chicos del establo también estaban descontentos, porque el capitán había ordenado una concienzuda limpieza en preparación del Año Nuevo chino. El día anterior a la víspera de Año Nuevo era el decimocuarto cumpleaños de Muna, pero él apenas lo recordó. Tenía las manos ásperas y agrietadas del agua helada de fregar, y estaba exhausto por el trabajo extra. No deseaba nada más que un largo sueño bajo su colcha en el rincón del establo, pero sabía que Takanobu podía estar esperando y no quería decepcionarle.

—¡Bienvenido a casa, Muna! —saludó Takanobu cuando él entró en El Perro Rojo. Los tres hombres estaban allí y le acogieron afablemente—. Reiko, algo caliente para el chico. ¡Míralo, está helado! —dijo Takanobu en voz alta.

Parecía que habían olvidado aquella fanfarronada suya, o puede que hubiera sido simple producto de su imaginación el que le trataran más fríamente. Muna sonrió agradecido cuando Takanobu echó el vino humeante en su taza. Antes siempre habían pedido té para él. Sorbió el líquido blanco y se sintió reconfortado. Tenía frío y estaba cansado.

—¡Eh, no te duermas! Te necesitamos, chico.

Muna se enderezó y se esforzó por abrir los ojos.

—A la puerta Rashomon —estaba diciendo Takanobu—. Yo iría solo, pero el chiflado Cara Ciruela está enfadado y puede negarse a hablar conmigo.

—Ese hombre es terrible cuando se enfada —Koishi torció un lado de la boca imitando torpemente la mirada de Cara Ciruela.

—Un tipo de cuidado —añadió Ogasa resoplando.

Muna todavía estaba medio dormido al salir vacilante de El Perro Rojo con la mano apretada sobre la nota doblada que le había dado Takanobu para llevar a Cara Ciruela. Pero la llovizna glacial pronto humedeció su fina túnica y lo despertó desagradablemente.

A pesar del tiempo y de la hora, las calles estaban atestadas. Todos se ocupaban de preparar el Año Nuevo. Las criaturas que vivían bajo el cobijo de la puerta Rashomon también iban y venían sin parar. Algunos lavaban sus ropas miserables en el agua helada de la fuente pública, figuras ridículas, vestidas sólo con taparrabos y carne de gallina. Estaban fregando los puestos del Mercado de los Ladrones, igual que se había hecho el día antes en los establos imperiales. Hasta para ellos, la escoria de la capital, el Año Nuevo ofrecía una mágica esperanza de algo mejor que lo conocido hasta ahora.

Muna pasó entre la multitud buscando a Cara Ciruela. Nunca había conseguido vencer su timidez con la gente de la ciudad, en especial con ésta. Su pobreza no le era extraña, pero sí todo lo demás. No se decidía a hablar por temor a que se riesen de él. Pero, cuando se aseguró de que Cara Ciruela no estaba a la vista, se acercó a una de las fogatas comunales. Por unos momentos se puso en cuclillas y se calentó las manos y, por el rabillo del ojo, estudió al hombre que estaba a su lado. Una cara vieja y picada de viruelas. Otros gritaban y reían alrededor del fuego, pero el viejo miraba en silencio las llamas. Muna se inclinó para acercarse un poco más y dijo al oído del viejo:

—Perdone, abuelo, ¿ha visto esta noche a Cara Ciruela, el vendedor ambulante?

El viejo se volvió despacio y miró a Muna. Sus ojos apagados estaban enrojecidos por el humo.

—Ha muerto, chico. Hace casi dos meses. Pero si tienes algo que quieras vender, el viejo Nishiwa, en el Mercado de los Ladrones...

¿Muerto? ¿Cara Ciruela muerto? ¿Y ya hacía casi dos meses? ¿Por qué Takanobu no había oído nada? Murmuró una disculpa al viejo mendigo y emprendió el camino de vuelta a El Perro Rojo.

Volvió mentalmente a la conversación que había tenido antes con los tres ronin. Había habido algo raro en su comportamiento, algo que él no entendía del todo. Quizá era una de las bromas de Takanobu.

Eso era. Veía ahora a los tres hombres en El Perro Rojo, calientes con su vino y riéndose de él por salir en una noche tan fría como un estúpido perro viejo y confiado. Muna desdobló la nota. Estaba demasiado oscuro para ver lo escrito, y no podía haberlo leído aunque lo hubiese visto. Estrujó el papel y lo dejó caer en la calle. Cuanto más pensaba en el ronin y sus amigos, calientes y contentos por el vino, en sus voces roncas haciendo mofa de él, más irritado se sentía. Casi había decidido volver directamente a los establos y dejarlos con sus risas, cuando algo en el aire llamó su atención.

Por encima de los tejados había una luz. Empezó a correr hacia allí. Ya olía el humo y oía los sonidos que venían del oeste de la avenida Rokujo. Como cerdos en una matanza. ¡Ojalá tuvieran piedad los dioses! Takanobu y los otros estarían borrachos perdidos. Toda su irritación desapareció mientras corría: Takanobu era su amigo.

Se abrió paso entre el gentío que obstruía la entrada de la avenida. En la confusión de soldados que trataban de apagar el fuego y mujeres pintadas y sus clientes que intentaban escapar, ninguno pensó en detener a un chico flaco que se zafaba del barullo para ir derecho al corazón de la humareda.

Apenas podía respirar, pero forzó a su cuerpo entre el calor abrasador hasta llegar al lugar donde había estado El Perro Rojo.

—¡Takanobu! ¡Takanobu! —gritó el chico, sofocado por el humo y por lo que veía ante él. Porque el insaciable dragón ya había tragado la endeble estructura de madera y había seguido vomitando llamas para satisfacer su apetito en otra parte.

—¡Si no me hubiese marchado! —exclamó el chico, y corrió a trompicones hacia el río al final de la avenida—. Debía haber sabido que estaba borracho. Debía haber sabido que se burlaba otra vez.

Y Muna se desmayó.

▼ ▼ ▼

5 Fukuji

L
A víspera de Año Nuevo, la lluvia helada se convirtió en nieve. Fukuji, el espadero, estaba en la puerta de atrás y miraba los copos que se posaban en el patio y se derretían al calentarse en los guijarros. Cumpliría cincuenta en el año que empezaba. Por el tiempo transcurrido, era un hombre anciano; pero ni lo parecía ni se sentía viejo. Durante muchos años había observado una estricta disciplina de cuerpo y espíritu y, aunque de talla corta, era fuerte y transmitía la vitalidad y la actividad de un gran ciervo.

Pero, al observar los frágiles copos deshechos en las piedras, sentía en su corazón el dolor de un hombre que ha conocido muchos años y muchas vidas que empezaron con intensidad sólo para caer y desaparecer. De repente sintió nostalgia de la nieve: la nieve tal como caía en su provincia natal. Anhelaba la nieve cubriendo la tierra en brillante calma para dar a esta ciudad sórdida y malhumorada un día de paz en el Año Nuevo.

Era éste el primer Año Nuevo en que Fukuji tenía compañía durante la fiesta desde que su mujer había muerto hacía veinticinco años. Un extraño huésped, bien seguro. Más parecía un gorrión recién caído del nido. La noche anterior, el herrero había ido a ver el incendio cuando sonó la alarma y tropezó con un cuerpo tendido en la calle. Había levantado al muchacho y lo había llevado a casa, sin saber si estaba vivo o muerto.

Ahora oía la respiración agitada del chico desde el interior. Fukuji cruzó el suelo de piedra de la cocina y subió al cuarto donde estaba echado el muchacho. Lo había acomodado en su propio jergón y lo había cubierto con colchas. Las quemaduras no eran graves, pero había respirado el humo y envenenado sus pulmones. Estaba ardiendo de fiebre. Fukuji enjugó su cara; bajó a la cocina, empapó el paño con agua fría de la fuente, lo escurrió y lo volvió a colocar en la frente del chico. El niño abrió los ojos, pero Fukuji no podía asegurar si estaba consciente o no.

Había enviado al hijo de un vecino en busca de un médico, pero había muchos heridos por el incendio de la noche anterior y no encontró a ningún médico libre que pudiera venir a la herrería. Así que Fukuji cuidó al chico lo mejor que pudo. Lavó el cuerpo delgado con agua del pozo para combatir la fiebre, que cada vez parecía más alta. Cada aliento torturado del muchacho hería el pecho de Fukuji como un cuchillo dentado.

«La nieve cae y desaparece», pensó sin esperanza.

Pero siguió luchando toda la noche, haciendo lo único que sabía hacer: lavar el cuerpo y los miembros quemados del niño con agua helada.

Poco antes del amanecer, la fiebre cedió. El sudor corría por el cuerpo del enfermo y mojaba el jergón. Fukuji amontonó sobre el pequeño cuerpo todas las colchas que tenía, y se echó sobre el suelo desnudo y se durmió.

Cuando miró fuera a la mañana siguiente, el patio estaba blanco, cubierto por una delgada capa de nieve.

En las calles de la capital, los niños jugaban en la nieve. Se dividían en los grupos rivales de Heike y Genji y se lanzaban bolas de nieve unos a otros. Pero, en su villa de Rokuhara, el general Kiyomori, del clan Heike, no estaba de humor para juegos.

—La capital está agitada por los rumores, señor —explicaba su sirviente Tada. Los dos hombres estaban sentados con las piernas cruzadas en la estera del suelo y bebían vino de arroz caliente. La cara del general estaba ceñuda mientras escuchaba el informe del sirviente acerca de los alborotos de Año Nuevo en la capital.

—¿Hay alguna evidencia de que el general Yoshitomo esté detrás de los disturbios? —Yoshitomo era jefe del clan Genji y el principal rival de Kiyomori en el poder.

El sirviente negó con la cabeza.

—Nadie lo sabe. La gente no dice nada. En algunos barrios se ha llegado a decir que el fuego de la avenida Ro-kujo había sido orden vuestra.

—¡Bah! —Kiyomori hizo un sonido de disgusto ante este absurdo rumor—. ¿Y qué se dice en palacio?

—Abiertamente, nada. Puede ser que todos estén tan ocupados con el Año Nuevo, que apenas hayan notado los incendios y las peleas callejeras de los soldados. Pero po-déis estar seguro de que esas narices enrojecidas por el vino han olido el viento.

—¿Y el joven emperador?

—Yo creo que el consejero Shinzei puede asegurarle vuestra lealtad.

—Hummm, no sé. En estos días hay muchos Genji po-niendo mala cara en la corte.

—¿Cuándo vais a tomar medidas?

—Ay, Tada, yo soy un soldado cansado de pelear. Hemos tenido dos años escasos de paz. Necesito tiempo para ocu-parme de mis propios asuntos —bebió un largo trago de vino y suspiró—. Todavía no he peregrinado en honor a la muerte de mi padre; y hace ya casi seis años que murió. Si hubiera guerra, yo lucharía. Pero no quiero soplar las as-cuas. El incendio que quemó la ciudad también puede des-truir Rokuhara.

El fuego que había ardido en el cuerpo de Muna se apagó lentamente. Las terribles visiones de su delirio se centraron en una fría línea.

Takanobu estaba muerto.

Sus ojos fueron más lentos para fijarse en el ambiente desconocido que le rodeaba, pero su cerebro martilleaba lo único que recordaba: «Takanobu está muerto. Takanobu está muerto».

En Awa había un pequeño bosque de pinos a lo largo de la costa. El viento del mar había retorcido los viejos troncos y ramas, que se doblaban grotescamente ante su fuerza, con raíces como dedos nudosos agarrándose tenazmente a las rocas.

Había allí un árbol, Muna tenía que haber sido muy pequeño cuando lo descubrió, que extendía un brazo gigantesco sobre las rocas. Desde que la memoria le alcanzaba, Muna había corrido hasta él y trepado al regazo que la gran rama formaba en el tronco. Era su lugar para las penas, la rabia y los sueños. Podía sentarse allí escondido, porque las ramas más altas se doblaban encima y cubrían la gran rama baja como un toldo hecho con profusión de verdes agujas.

Cuando los otros aldeanos le llamaban «Muna, el que no tiene nombre» y se burlaban de él como una nada a la que ellos podían despreciar, Muna huía al árbol y se quedaba durante horas acurrucado junto al tronco. Allí oía las olas bramar y romperse en la costa rocosa, y endureció sus oídos contra el patético grito de su madre:

—¡Chi Chan! ¡Chi Chan! —nunca le llamaba Muna, sino «pequeño», un nombre de bebé que a él le gustaba y le ofendía a la vez—. ¡Chi Chan! ¡Chi Chan!

Las olas bramaban. «Takanobu está muerto. El mar abofetea las insensibles rocas. Takanobu está muerto. El mar golpea las crueles rocas.» En su reconfortante refugio verde, el olor de la resina y las agujas del pino le cosquilleaba en la nariz.

Su nariz. Empezó a darse cuenta de que el interior de la nariz y la garganta le quemaba al respirar. El fuego en la avenida Rokujo. Ahora recordaba el humo y la asfixiante desesperación. ¿Pero cómo había llegado ahí, a este extraño refugio entre un jergón y colchas calientes? Tocó la cubierta acolchada. Era un material tosco, de tinte barato, pero a Muna le parecía espléndido. Se apoyó sobre un codo para incorporarse. Ante él había una pared con las contraventanas cerradas que, a juzgar por los sonidos del otro lado, se abría directamente a la calle. Así que estaba en alguna clase de tienda.

A su izquierda, unas puertas correderas de papel que estaban abiertas mostraban una habitación de igual tamaño, donde se veía una pequeña mesa y, más allá, bajando un escalón o dos, la cocina.

Pero al volverse para mirar a su derecha vio con un estremecimiento la clase de tienda en la que se encontraba, porque la pared estaba llena de espadas colgadas. Algunas metidas en sus vainas, ricamente adornadas con enjoyados pájaros y flores. Varias armas estaban desenvainadas, y sus largas hojas curvadas reflejaban la débil luz invernal que entraba desde la puerta de la cocina.

A Muna las espadas le parecían casi criaturas vivas al observarlas con la luz bailando en la superficie cambiante de sus hojas. Su padre tendría una espada igual.

Su padre. En estos meses desde que había venido a la capital, el sueño del samuray espléndidamente armado se había ido oscureciendo. Extraño. Al principio de trabajar en los establos, había buscado a un servidor de uno de los guardias Heike y tratado a su manera tímida de aldeano de preguntarle por su padre. Pero se puso a tartamudear y enrojeció al oírse preguntar si el soldado podría conocer a un Heike de alto rango que había servido al general Kiyomori hacía catorce años en Awa. Precisamente al formular la pregunta se dio cuenta de lo absurda que era. El jefe del establo le interrumpió entonces con uno de sus puntapiés y mandó a Muna de vuelta al trabajo. El chico casi agradeció que le ahorraran esa sensación de ridículo ante la mirada del criado Heike.

Muna había seguido escuchando las conversaciones en los establos. Pero se daba cuenta de que cada vez más escuchaba para contar historias a Takanobu y no para buscar pistas sobre la identidad de su padre.

¡Pero la tienda de un fabricante de espadas! Una vez más el chico sentía que los dioses habían intervenido. Takanobu ya no estaba, así que él podía empezar a buscar en serio a su padre. ¿Y qué mejor lugar para empezar que la tienda de un herrero que forja espadas? Quien hacía espadas como éstas conocería a todos los prominentes samuráis en la capital.

«Tengo que conseguir gustarle», pensaba Muna, «que quiera que me quede con él». Muna susurró una oración pidiendo ayuda al espíritu de su madre; y por añadidura, una oración al espíritu de Takanobu, aunque tenía ciertas reservas en cuanto al lugar donde se encontraría el ronin.

Empezó a toser y volvió a echarse en el jergón caliente. Más tarde habría tiempo para examinar la casa.

—Un nuevo año ha nacido. Te deseo felicidad.

Ante el tradicional saludo, Muna se volvió dando un respingo. Junto a su colcha se arrodillaba un hombre, seguramente el mismo espadero.

—Un nuevo año ha nacido —contestó Muna con voz ronca—. Este año, otra vez, yo imploro tu bondad.

—Quédate callado, no trates de hablar —dijo el hombre. Colocó una almohada detrás de la cabeza de Muna—. Así. Vamos a ver si puedes tomar algo de sopa de Año Nuevo conmigo. He forjado copos de arroz en el yunque. Eso debería hacerlos afortunados, ¿eh?

Muna pensó que era una broma y aventuró una sonrisa. El hombre sonrió también.

«No va a ser tan difícil de complacer», pensó Muna.

La sopa caliente y azucarada le hacía daño en la garganta, pero Muna se la tomó valientemente. Todo estaba saliendo bien. Al espadero le gustaba ya.

▼ ▼ ▼

6 En la tienda del espadero

CUANDO el ciruelo floreció en el patio, los pulmones de Muna se habían curado por completo y, aunque todavía hacía bastante frío fuera, él insistió ante su anfitrión en que estaba bastante bien para hacerse cargo de su parte en las tareas de la casa. Muna quería que el espadero viese que podía servirle de mucha ayuda, pero su impaciencia, que tendía a hacerle descuidado y apresurado, se oponía al sistema de vida preciso y metódico de Fukuji.

—Señor, el arroz está preparado —avisó Muna la primera mañana, inclinado nerviosamente ante la puerta cerrada de la forja.

—¿Ahora? —se oyó un ruido cuando el herrero dejó caer el martillo y vino a la puerta. La abrió y miró al cielo—. Falta más de una hora para el mediodía —dijo.

—Pero en una hora el arroz se quedará frío —insistió el chico, angustiado.

El espadero suspiró.

—Bueno, sí. Quizá mañana te acuerdes de mirar al cielo antes de poner el arroz a hervir, ¿no crees?

Empezó a andar hacia la casa seguido de Muna. En el centro del patio, Fukuji se paró y miró alrededor:

—¿No has barrido el patio todavía?

Muna inclinó la cabeza, pero por dentro bullía por la humillación:

—Estaba preocupado por el arroz y lo he olvidado.

—Sí, bueno... ¿vamos a comer primero? Quizá mañana...

Pero, en los días sucesivos, Muna o bien chocaba de plano con el plan ordenado por el herrero para ese día, o bien lo olvidaba por completo. La reprimenda era siempre la misma:

—Sí, bueno, quizá en otra ocasión podrás...

Muna hubiera preferido los golpes del capataz bajo el que había trabajado en Awa. Uno podía despreciar al capataz, que engordaba a costa del trabajo de los siervos, ¿pero quién podía despreciar a Fukuji?

Había pureza en la forma en que el espadero se dedicaba a cada tarea. Nunca pedía a Muna más de lo que se exigía a sí mismo. Desde la puerta de la cocina, Muna se admiraba al verle cruzar el patio hacia la forja. Fukuji se vestía de blanco cuando iba a forjar una nueva hoja, como podría vestir un sacerdote. Al chico le parecía un dios, con su pelo y su barba entrecana cortados casi al rape. Y, aunque siempre cerraba la puerta de la forja tras él, a Muna le gustaba imaginarle allí, con el perfecto movimiento rítmico del fuerte brazo al dejar caer el gran martillo, ¡Clang! ¡Clang! ¡Clang!, para forzar al tozudo metal a plegarse a su voluntad.

Sin que se lo hubieran dicho, el chico sabía que no iba a entrar en la forja, porque era como el lugar sagrado de un santuario, en el que no podía entrar nadie más que el sacerdote. Fukuji no tenía aprendiz. Le había dicho a Muna que había pocos chicos en la capital que él pudiese emplear y que el mejor de ellos se había unido a uno de los clanes rivales de Genji o Heike y había perecido en la insurrección contra el emperador Go Shira Kawa dos años atrás. Pero el herrero estaba acostumbrado a vivir y trabajar solo, y no lamentaba el que no hubiera nadie que heredara los secretos de su oficio. Las espadas quedarían, de eso estaba seguro. Ellas eran sus hijos, sus discípulos y su epitafio. A ellas dedicaba su vida.

En esos primeros meses, Muna encontró difícil soportar la diaria exposición de sus insuficiencias. Podría haber dejado al espadero de no haber sido por la música. Al anochecer, Fukuji iba al almacén junto a la forja y sacaba su cítara de seis cuerdas; y en las noches frías y claras del comienzo de la primavera, los dos se sentaban en el patio, el chico encandilado mientras el espadero acariciaba su instrumento y cantaba melancólicas baladas de su provincia natal y poemas clásicos a los que él mismo ponía música.

La voz de Fukuji era sorprendentemente clara y juvenil,

teniendo en cuenta su gran cuerpo macizo. Y la belleza de las canciones hacía que Muna se abrazara las rodillas para evitar su temblor.

> *Es de noche*
> *Y una puerta queda entreabierta*
> *Bajo el blanco rayo de luna;*
> *Porque prometiste que tu espíritu*
> *vendría a mí, amada,*

Las manos callosas acariciaban el instrumento en un acorde que era un lamento.

> *¡En mis sueños!*

Y después cambiaba rápidamente a una canción cómica de los vendedores ambulantes del puente Gojo, mientras sus toscos dedos bailaban alegremente sobre las cuerdas.

El herrero nunca hablaba de su mujer, pero una noche cantó la «Canción del monte Hagai», de Hitomaro, que habla del poeta que busca en la montaña el espíritu de su esposa muerta.

> *Me esfuerzo por las lomas*
> *Y subo hasta la cima.*
> *Yo sé todo este tiempo*
> *Que nunca la veré,*

Ni siquiera como un débil temblor
  en el aire.
Todo mi anhelo, todo mi amor
Nada cambiarán.

Y el dolor se reflejaba con tal fuerza en la voz clara, que Muna casi le perdonó por ser un dios y ser perfecto.

Había baladas de heroísmo y guerra, aunque no eran necesariamente las mismas. Porque una canción sobre la insurrección de hacía dos años hizo entender a Muna por primera vez la profundidad del odio entre los dos clanes en su lucha por el poder. Hablaba de Yoshitomo de los Genji, que, como miembro de la Guardia Imperial, se sintió obligado a ponerse del lado de Kiyomori de los Heike cuando el resto de su propio clan Genji se unió en una revuelta contra el emperador. La bandera blanca de los Genji ondeaba al lado de la bandera roja de los Heike y fueron juntos a luchar contra el padre y los hermanos de Yoshitomo. Y finalmente, Yoshitomo se vio forzado por sus aliados a ordenar la muerte de su padre.

Su padre había traicionado al emperador y los traidores tienen que morir. Yoshitomo no lo negó. Había ejecutado a su propio padre y a sus parientes para que no pudiese haber murmuraciones sobre su lealtad. Y sin embargo, cuando los veía morir, no podía sofocar dentro de su pecho un odio orgulloso contra el clan Heike, unido, fuerte, arrogante en la victoria, mientras que la mayor parte de los guerreros de su propio clan tenían que morir en desgracia y su carne servía como festín a los cuervos.

Y mi sangre te grita, hijo mío,
La blanca bandera manchada de rojo.
Vuélvete y mira, vuélvete y mira
La poderosa casa abatida.

Cuando terminó la balada, Fukuji movió la cabeza:

—Orgullo, orgullo, orgullo. Al final nos destruirá a todos.

—¿El orgullo de quién, Fukuji? —Muna se atrevió a preguntar porque necesitaba saber. Se había involucrado en esa rivalidad en los establos, dividido por su propia lealtad a su padre Heike y a Takanobu, de quien sospechaba que simpatizaba con los Genji—. ¿Es el orgullo de los Heike o el de los Genji el que nos destruirá?

—Los dos —respondió el hombre. Se levantó para guardar la cítara—. O quizá ninguno. Puede ser que un hombre sólo sea destruido por su propia mano.

Y así Muna se quedó en la tienda del espadero, y según los días iban siendo más cálidos, él iba siendo más eficiente en las tareas que Fukuji le asignaba. Cuanto más eficiente era, tanto más despreciaba los trabajos que una vez le parecieron formidables. No eran más que trabajos de mujer. El próximo Año Nuevo cumpliría quince años, la edad en que los chicos son reconocidos como hombres, y antes de eso tenía que encontrar a su padre y empezar una vida más adecuada a su posición. ¿Pero cómo podría encontrar a su padre? ¿Debería hablar de él a Fukuji?

—Perdón —llamó una voz desde la entrada de la tienda una tarde de finales de marzo, interrumpiendo así sus dudas.

Muna se apresuró a subir desde la cocina para saber quién llamaba. Su corazón dio un salto al ver a un alto guardia Heike de pie en la entrada. Conocía su forma de vestir por los meses pasados en los establos.

Se agachó e inclinó la cabeza hasta el suelo.

—Bienvenido, señor. Si quiere subir y sentarse, yo llamaré a mi amo —pensó en hablar él mismo con el samuray. Si hablase con él, podría saber si había conocido a su padre.

Dudó, esperando a que el samuray se sentase en uno de los cojines junto a la mesa baja. Pero cuando el magnífico guerrero se volvió hacia él, Muna perdió los nervios. Hizo una rápida inclinación y corrió a buscar al espadero.

Mientras los dos hombres bebían té y hablaban, Muna fingió estar ocupado en la cocina y escuchaba atentamente en espera de algún comentario o gesto que pudiese revelar que aquel fuerte samuray era su padre. Al mismo tiempo su mente le importunaba. Sería una milagrosa coincidencia que el primer Heike de alto rango que aparecía en la puerta del espadero no sólo resultase ser su padre, sino que, en el curso de una conversación sobre espadas, revelase este hecho más allá de toda duda. De pronto la realización de su sueño pareció imposible. ¡Qué loco era al pensar siquiera que podía encontrar a su padre! Takanobu había tenido razón al ridiculizarle.

«Mira, Takanobu, ya no soy un chico de cabeza hueca corriendo detrás del arco iris.» *Todavía no me has dicho tu nombre, mocoso.* «Ay, Takanobu, así es: si dejo de buscar a mi padre, no soy nada, Ningún Nombre hasta el fin de mis días. Pero si sigo buscando, hay al menos la esperanza, y esperar es mejor que nada. ¿No es así, Takanobu? ¿No es así?»

Fukuji parecía preocupado al pasar por la cocina para ir a la forja.

—¿Has vendido una espada al samuray Heike, señor?

—¿Qué? Oh, no. No es tan sencillo como eso, Muna —dudó en la puerta, después volvió a la cocina y se sentó en el banco de madera de la esquina—. ¿Te has preguntado por qué vendo tan pocas espadas, chico?

Muna enrojeció.

—Haces espadas preciosas, señor.

—No, no es eso —cuando Muna empezó a protestar, el espadero levantó su mano callosa—. Oh, las espadas son leales, pero los hombres que las llevan... Muna, el hierro para una larga espada viene del vientre de la tierra. El fuego pone a prueba el metal mediante el martillo y el agua y si soporta el proceso y endurece, emerge del templado final con un puro y poderoso espíritu.

El espadero hizo una pausa, buscando en el rostro del muchacho un signo de que Muna le entendía.

—Así que yo no puedo negociar con una espada como si fuese un... un pedazo de pescado seco. Tengo que mirar al hombre que vaya a llevar la espada en un futuro, para tratar de ver si su espíritu es merecedor del espíritu de la hoja.

—Pero un verdadero samuray... —empezó el chico.

—En estos días la capital está llena de hombres que se llaman a sí mismos samuray. Hombres que se pelean por mujeres en la calle, roban a sus amigos, incendian las moradas de sus enemigos. Son un deshonor para las espadas que llevan. Yo no deseo que uno de esos hombres lleve una espada con Fukuji grabado en ella —se interrumpió bruscamente—. Antes de que empieces con el arroz...

Muna tardó un momento en darse cuenta de que el discurso había terminado. El espadero sonrió:

—Antes de que empieces con el arroz, recoge las cosas del té, ¿quieres?

7 Cerezos en flor

Era uno de esos deliciosos días de abril en que cada músculo del cuerpo de Muna se volvía perezoso y feliz. No deseaba más que acurrucarse bajo el ciruelo y echar un sueñecito entre el zumbido de los insectos y el olor de las nuevas hojas. De todos modos, consiguió sentarse casi derecho, dando cabezadas y con el traje que tenía que remendar en el regazo. Oía, como si fuera a gran distancia, el golpeteo regular del martillo de Fukuji y, todavía más lejano, el parloteo de la calle.

—... Y echar un vistazo a los cerezos en el camino —de repente Fukuji estaba allí, de pie delante de él, con algo en la mano.

Muna se levantó de un salto, murmurando una excusa. El traje sin remendar cayó en los guijarros.

—Lo siento, señor, me temo que no le he oído... —se inclinó para recogerlo.

—Sí, bueno. He decidido hacer una espada para Muratani, de los guardias imperiales, el cual estuvo aquí hace poco. Si quieres llevarle esta nota a los cuarteles, puedes volver luego por el distrito Sanjo y ver los cerezos en flor y el gentío, si te apetece.

Muna se inclinó. Casi no podía evitar sonreír por la alegría. Los cuarteles estaban al noreste de la ciudad y, aunque se apresurara, y Fukuji había dicho que no necesitaba hacerlo, tardaría una hora o más en llevar el mensaje. El herrero le daba la tarde libre para hacer lo que quisiera. Guardó la nota para Muratani en el forro de su túnica (ahora tenía una nueva, gracias a Fukuji) y se detuvo únicamente para dejar en casa el traje sin remendar; después bajó deprisa por la calle estrecha hacia la avenida principal de Suzaku Oji.

Los sauces que bordeaban la amplia avenida se inclinaban ante los que pasaban como dos filas de sirvientes vestidos de verde. Muna no había estado en la avenida desde la noche de su inútil paseo hasta la puerta Rashomon. Al cruzar por la intersección de la avenida Rokujo, el doloroso recuerdo le quemó el pecho como fuego.

Casi sin darse cuenta dobló hacia el lugar donde había estado El Perro Rojo. Se habían levantado nuevos edificios en la zona quemada de la calle. Era como si se hubieran borrado las últimas huellas de Takanobu. El chico se dio la vuelta y regresó corriendo a Suzaku Oji.

Al acercarse al área del palacio, Muna se preguntaba si podría verle alguien de los establos. Y entonces sonrió. Nadie le reconocería. Llevaba la túnica y los pantalones azules de los artesanos y sabía que la comida saludable de la cocina del espadero había rellenado bien sus huesos. Su largo pelo negro estaba cuidadosamente atado en la nuca. Ya no lucía el moño descuidado de samuray que había sido la marca de Takanobu.

Preguntó por el guerrero Muratani y, cuando apareció, Muna le dio la nota de Fukuji. Muratani quedó encantado con la noticia y se lo agradeció al muchacho con unas monedas. Al principio Muna rechazó el dinero con educación, pero el samuray insistió:

—Cómprate algunos dulces en el camino de los cerezos.

Muna sonrió, dio las gracias y se fue.

Las ramas de los cerezos se unían en un arco sobre la avenida Sanjo. Muna pasó bajo la arcada rosa pálido. Era como si toda la fealdad que siempre había conocido estuviese excluida de este paraíso. Hasta la gente que veía parecía rodeada de un brillo de perfección. Nadie hablaba alto, pero había un aire amistoso en el silencio de los paseantes. Aquí se mezclaban el rico y el pobre: señoras de la corte con sus vestidos de brocado, el largo pelo negro flotando hasta la cintura, cejas pintadas y dientes ennegrecidos; golfillos con la cara y las manos pegajosas por los dulces de arroz; samuráis de las familias nobles con largos pantalones y túnicas de seda; artesanos; vendedores; algún granjero boquiabierto. Unos y otros estaban en su elemento bajo el toldo de ramas de los cerezos.

Muna compró un palo de caramelo de arroz a un vendedor y dejó que el dulzor llenara su boca. Fue el final
perfecto. Deseaba correr y reír y dejar que las flores cayeran
en su cara. Echaba de menos a Takanobu para poder con-
tarle toda la buena fortuna que un chico aldeano sin nombre había encontrado en esta magnífica ciudad. Quería con-
társelo a su madre, al viejo Sato, contar a todos lo feliz que
era.

Y por supuesto a Kawaki, el fabricante de sandalias. Iría
a verle. Y a Akiko. ¡Qué buena idea! Con el resto de las
monedas del samuray compró dulces de arroz envueltos en
una hoja de arce.

Los postigos de la tienda de sandalias estaban abiertos,
pero no había nadie a la vista.

—Disculpadme —Muna entró en la tienda después de
dejar sus sandalias en la calle.

Por un momento no hubo respuesta a su llamada y después apareció Akiko apartando la cortina que separaba la
tienda de la vivienda.

Se arrodilló y se inclinó cortésmente en la alfombrilla, con
aspecto preocupado y para disculparse por haberle hecho
esperar. Muna se dio cuenta de que no le reconocía y no
estaba seguro de si le molestaba o le complacía.

—Akiko.

Ella levantó la cara para mirarle más de cerca. Muna sonrió:

—Soy Muna. De Awa, ¿te acuerdas?

Ella levantó la cabeza y después su pequeña mano para

cubrir su sonrisa. Era un bonito gesto, pensó Muna. Se estaba haciendo mayor, era casi una mujer.

—Ha pasado mucho tiempo —se disculpó el muchacho—, pero hoy estaba libre y quería daros las gracias otra vez por vuestra amabilidad el verano pasado —y le tendió los dulces.

Ella no los tomó al principio, sino que inclinó la cabeza hasta el suelo y murmuró que su amabilidad era innecesaria.

—¿Está tu padre en casa? —preguntó Muna.

La joven se cubrió la boca una vez más, pero el gesto tapó ahora un sonido ahogado.

—¿Akiko? —llamó una voz débil detrás de la cortina—. ¿Qué pasa, Akiko?

La chica invitó con un gesto a Muna a seguirla al interior. Allí, en el pequeño cuarto de atrás estaba el viejo Kawaki tendido en su jergón. Las palabras de saludo se helaron en la lengua de Muna al ver la cara del fabricante de sandalias. Era la enfermedad devastadora, lo sabía. Era la misma que se había llevado a su madre. Allí estaban las manchas brillantes en las mejillas.

—Es el joven Muna, padre —dijo la joven.

—Ya veo, ya veo —su voz débil tenía un tono cálido de bienvenida. Levantó de la colcha su mano flaca para señalar la ropa de Muna—. ¿Así que has encontrado la fortuna que venías a buscar a la capital, muchacho?

Muna sacudió la cabeza:

—Tengo un buen amo.

—Un buen amo es mejor que buena suerte —replicó Kawaki—. ¿Que oficio estás aprendiendo?

El chico enrojeció. Tuvo la tentación de mentir, pero vio que no podía:

—Estoy en casa de Fukuji, el espadero, pero no soy su aprendiz... todavía.

—¿Fukuji? —Kawaki se humedeció los labios resecos con ojos brillantes—. Es el mejor espadero de la capital. Has sido muy afortunado, Muna.

Akiko había traído el té para acompañar a los dulces de arroz. También sus ojos brillaban.

—¿Has oído quién es el amo de Muna, Akiko? —el viejo se levantó a medias del jergón.

La joven asintió mientras tendía a Muna su té con una inclinación. El chico pensó por un momento que rozaría las puntas de sus dedos y su mano empezó a temblar. Pero al final ella no le tocó.

Muna se puso a hablar para disimular su confusión:

—No sé siquiera si va a hacerme su aprendiz. Es muy minucioso.

—Pues claro —contestó Kawaki—. Su arte reclama perfección, pero no te desanimes, un chico tan listo como tú...

Se dejó caer hacia atrás sobre el brazo de Akiko. La chica le sujetó y con la otra mano levantó la taza de té hasta los labios del enfermo, que tomó unos cuantos sorbos. Qué delicada era. Muna recordó con pena sus torpes esfuerzos por cuidar a su madre. ¿Qué haría Kawaki sin ella? Y también —el pensamiento se deslizó en su mente como una ola en la playa—, ¿qué haría ella sin Kawaki?

Cuando se excusó para marcharse, unos minutos después, Akiko le siguió hasta la calle. Muna deseaba preguntarle qué iba a hacer cuando su padre muriera, ¿pero cómo?

—Se está muriendo —dijo sencillamente la joven cuando Kawaki no podía oírlos. Muna quiso contradecirla—. No, estoy segura —dijo ella.

—Si él muriese —tartamudeó Muna—, ¿qué harías?

La joven siguió con los ojos fijos en sus sandalias:

—Tengo un tío... —dijo vagamente. Luego se inclinó deprisa y murmuró—: Tengo que volver con él.

Muna se inclinó a su vez, pero sin apartar los ojos de Akiko:

—Volveré el primer día libre —prometió.

—Se alegrará —la voz de ella se quebró al hablar. Se dio la vuelta y desapareció en la casa.

Por la altura del sol, Muna calculó que pronto sería hora de cenar. Apresuró un poco el paso, porque había una buena distancia hasta la casa de Fukuji desde esa parte de la ciudad. Al mezclarse entre el animado tráfico de Suzaku Oji, su humor era completamente diferente del de unas horas antes. Ahora se había ensombrecido al preocuparse por Kawaki, que tan amable había sido con él aquella primera noche en la capital, y por Akiko, que pronto sería una huérfana, como lo era él. Como en la canción de Fukuji:

> *¿Ha estado este mundo*
> *lleno de dolor*
> *desde días lejanos?*

▼ ▼ ▼

¿O se ha vuelto así
sólo para mí?

Al darle vueltas en la cabeza a esas palabras, tuvo con-
ciencia de un sentimiento; un sentimiento tan real como el
sabor del caramelo de arroz en su boca sólo unas cuantas
horas antes. Fue consciente de la gran tristeza en el mundo,
de que sus propias desgracias sólo eran una pequeña parte.
Desde antiguo, el mundo había estado lleno de penas. Pero,
hasta hoy, él no había sido capaz de apartar su mirada de
su propia porción de dolor para ver que no estaba solo. Era
una nueva sensación, y aunque Muna no se explicaba por
qué, no era una sensación desagradable.

—¡Mira por dónde vas, chico! —Muna levantó la mirada
sorprendido, para ver la cara del hombre con quien había
tropezado. Hubo un momento de confusión cuando el
hombre y el muchacho se miraron. El hombre se apartó
rápidamente.

—¡Koishi! —le llamó Muna. Pero el hombre había desa-
parecido. Muna empezó a correr y siguió llamándole—:
¡Koishi! Soy yo, Muna. ¡Espera!

El chico no puso atención a las personas que empujaba
en su camino. Estaba seguro de que el hombre con quien
había chocado era Koishi, a quien creía muerto entre las
cenizas de El Perro Rojo. Pero quizá se había equivocado,
porque nadie se volvió a sus llamadas. Vio una espalda que
estaba seguro era la del amigo de Takanobu, pero, cuando
alcanzó al hombre, se encontró ante un extraño.

▲

Esa tarde Fukuji parecía más amable que de costumbre. No preguntó a Muna dónde había estado, pero, en cambio, recordó las veces que en otro tiempo él había ido a ver los cerezos en flor en el distrito Sanjo.

Mientras el espadero hablaba, Muna comía los alimentos preparados por Fukuji, y se preguntaba si podría confiar a su amo los sucesos del día. ¿Debería hablarle de Kawaki y Akiko? Si lo hacía, Fukuji pensaría que estaba pidiendo ayuda para ellos, personas con quienes Fukuji no tenía ninguna obligación; ¿y podría mencionar al hombre de Suzaku Oji que tanto se parecía a Koishi? Muna había contado al espadero muy poco de su vida anterior en la ciudad; simplemente que un ronin que había conocido en el barco le había encontrado un empleo en los establos, pero que el hombre había muerto en el fuego de la víspera de Año Nuevo. Tampoco se había atrevido a hablar a Fukuji de su padre y de su sueño de encontrarlo en la capital. Había pensado que era mejor esperar hasta que estuviese seguro de que el espadero confiaba en él.

Pero esa noche el aire primaveral parecía invadir el espíritu de acero de Fukuji. Esa noche el chico podía atreverse a acercarse a él. Muna se inclinó sobre su bol de sopa, usando los palillos para llevarse a la boca los pedazos de pescado y verduras. Por encima del borde del cuenco observó al espadero, preguntándose cómo empezar.

Se aclaró la garganta. Fukuji levantó los ojos expectante.

—¡Disculpadme! —la llamada desde la entrada de la tienda rompió el momento. Muratani había venido para hablar sobre la nueva espada.

▼ ▼ ▼

Cuando se fue, Muna estaba seguro de que debía esperar. No había ninguna razón ahora para que él confiara sus
asuntos al anciano. Más tarde quizá, cuando él hubiese pro-
bado su fidelidad al espadero. Cuando fuese algo más que
un chico que barría el patio, cuando el espadero reconociese que se había convertido en un hombre; entonces podría
hablar.

8 LA LLUVIA

L AS lluvias llegaron a principios del verano, y la estación parecía más triste que ningún año de los que Muna podía recordar. Fukuji tenía encendido el fuego de la forja la mayor parte del tiempo, y el humo, al no poder elevarse en la atmósfera húmeda, invadía la casa y el patio. El olor se agarraba a las ropas, a las camas, a la comida, a todo.

Había también un pesar dentro del chico. Sabía que Kawaki iba a morir. El viejo sangraba al toser y apenas podía comer.

Muna había estado dos veces en la tienda de sandalias después de caer las flores de los cerezos, y cada vez se deprimía más. La segunda vez estaba allí el tío del que había hablado Akiko. Había traído hierbas medicinales y comida, pero Akiko parecía más aprensiva que agradecida.

—Nunca da nada sin esperar algo a cambio —explicó la chica.

¿Pero qué podían dar en pago Kawaki y Akiko? El tío ya era el dueño de la tienda. Kawaki había tenido que cedérsela durante la larga enfermedad de la madre de Akiko. Había muy pocas existencias, porque naturalmente Kawaki era incapaz de trabajar; y Akiko pasaba la mayor parte del tiempo cuidándole.

Ninguno de los dos se apartó de la mente de Muna. Cuando avivaba el fuego en el brasero de carbón, veía a Akiko en la misma tarea. Su forma de apartarse de los ojos el pelo largo y espeso con la mano izquierda cuando se arrodillaba ante el brasero, sin dejar de abanicar el fuego en perfecto ritmo con la derecha. Qué bonitas manos tenía: dedos finos que se movían con tal gracia que Muna no podía dejar de mirarlos. Al cortar un pepino, el flic-flic-flic del cuchillo bajo su mano pequeña convertía milagrosamente la verdura en montones de rodajas brillantes.

Ahora, en la cocina de Fukuji, Muna trató de imitar el hábil movimiento; pero sus manos eran torpes y las rodajas salían en trozos desiguales. Estuvo a punto de cortarse al intentar partir los gruesos pedazos.

—Valiente estúpido —dijo en voz alta, disgustado, y dejó caer al suelo de madera el cuchillo.

Estaba lloviendo otra vez. El humo se agarraba tan pesadamente en el patio que Muna apenas podía distinguir la forja. ¡Clang! ¡Clang! ¡Clang! Fukuji se había encerrado en ella para trabajar en la espada de Muratani. Parecía que al hombre nunca se le ocurría lo odiosa que le resultaba a Muna esa puerta cerrada. El chico oía el sonar del martillo, que parecía producirle un cierto dolor. ¿Nunca abriría Fukuji la puerta de la forja para él?

El herrero siempre era amable y últimamente había empezado a dar al chico una especie de salario. Pero nada indicaba que fuera a ofrecer a Muna un aprendizaje, o al menos que pudiese estar considerándolo.

—Será mejor que extiendas toda la ropa de las camas. Va a enmohecer con este tiempo —dijo Fukuji a mediodía mientras comía su arroz.

—Sí, señor —Muna dudaba—. ¿Y después puedo salir un rato?

—Como quieras —el herrero echó té en el bol, sobre los últimos granos de arroz. Se lo llevó a la boca y bebió—. Calienta el estómago en un día como éste, ¿verdad?

A Muna le sorprendió agradablemente. Era poco frecuente que Fukuji recordase sus orígenes campesinos. El té sobre el arroz era un rasgo aldeano y eso animaba al chico. Cuando él siguió el ejemplo del herrero, Fukuji sonrió y sacó unas ciruelas secas para los dos.

—Es una fiesta, señor —las ciruelas ácidas le hicieron entrecerrar los ojos. Después sorbió el té con ruidoso placer de aldeano.

—¿Por qué dejaste el nido antes de que tus alas estuviesen secas?

Muna levantó la mirada, perplejo.

—No estás obligado a contestar a mi pregunta —continuó el herrero—. Fue un atrevimiento por mi parte.

—Yo... yo vine a buscar a mi padre. Mi madre está muerta, así que no tengo a nadie más.

—¿Y ella te dijo que él estaba aquí, en la capital?

El chico asintió, sin atreverse a mirar a Fukuji.

—Es un guerrero Heike.

—¿Y él te conoce?

—No.

—Perdóname, Muna, pero hay muchos guerreros Heike en la capital. Si encuentras a tu padre, ¿cómo vas a conocerlo?

El chico siguió con los ojos bajos:

—Tiene un pequeño tatuaje... mi madre me lo dijo. Un crisantemo... en el hombro izquierdo.

—Ya veo. Entonces quizá deberías buscar empleo en unos baños públicos mejor que en la tienda de un espadero.

Se trataba de una broma; al menos, eso esperaba Muna.

—Sí, bueno —contestó imitando inconscientemente a Fukuji. Los dos se echaron a reír.

Cuando terminó de lavar los cuencos y los palillos y de extender la ropa de cama por los suelos de las dos habitaciones delanteras, Muna se puso una capa de paja para la lluvia y salió hacia la tienda de sandalias.

La amabilidad de Fukuji ese mediodía le había levantado el ánimo enormemente. Además tenía dos monedas, su salario semanal, para compartir con Kawaki y Akiko. Impulsivamente dio un rodeo hacia la puerta Rashomon. En lugar de comida, esta vez compraría algo para hacer feliz a Akiko. Como las ciruelas en conserva de Fukuji. Recorrió las tiendas del Mercado de los Ladrones hasta que lo encontró: un pequeño pez de colores nadando en un bol hecho de madera de bambú.

—Te he traído a un amigo, así no estarás tan sola —Muna sacó el regalo que había ocultado tras su espalda y se lo ofreció a Akiko.

—¿Para mí? No deberías haberlo hecho —se apartó el pelo de la cara.

—No, no. Tienes que cogerlo —insistió él.

Ella dudó un momento y luego tendió las dos manos.

—Madre mía... yo —estudió a la pequeña criatura que sacudía su graciosa cola al dar vueltas por la pieza de bambú. Sonrió a Muna—: Lo guardaré para siempre.

—No es nada —murmuró el chico, rojo de placer.

El tío estaba allí y Muna sólo se atrevió a hablar unas cuantas palabras con Kawaki. Notó que Akiko no traía el pez para mostrárselo a los dos hombres. El tío preguntó a Muna por su amo con unos modales melosos que le hicieron sentirse incómodo. Era evidente que Kawaki estaba peor. Pero Muna había dado a Akiko unos momentos de alegría y eso nadie podría robárselo a ninguno de ellos; el pensamiento consoló a Muna al irse a casa.

Cuando salió de la tienda, Muna vio a un monje cerca de la puerta del templo. Parecía que estuviese esperando a alguien, aunque su postura no resultaba adecuada al traje.

Al pasar Muna, el hombre se enderezó. ¿Le estaba siguiendo? Por absurdo que pareciese, cada vez que Muna apresuraba el paso, una mirada por encima del hombro demostraba que el monje también se apresuraba. Cuando iba más lento, el monje iba lento.

Muna empezó a correr. El monje empezó a correr. Entonces Muna se paró de repente y se dio la vuelta. El monje corría hacia él y estuvo a punto de chocar.

—¡Vaya, eso ha sido astuto, mocoso!

—¡Takanobu! —olvidando su edad y la poca dignidad que había adquirido, Muna rodeó con los brazos al ronin como lo haría un niño.

—¿Dónde has estado? —preguntó el ronin dándole una palmada juguetona—. Pensaba que estabas muerto... hasta que Koishi creyó verte un día en Suzaku Oji.

—Y yo pensaba que *tú* estabas muerto —el chico sonreía feliz—. Y ni siquiera estaba seguro de haber visto a Koishi. Cuando le llamé, echó a correr.

—¡Qué granuja! Ven, encontraremos una taberna para que me cuentes por qué me abandonaste el año pasado —Takanobu estaba tan exultante como siempre.

—¿No habrás tomado la tonsura? —preguntó Muna señalando la ropa. La taberna era oscura y el vino barato.

—¿Qué? Ah, lo dices por la ropa. Un hombre tiene que ponerse algo cuando llueve, ¿no? —y vació su copa.

—Pero... —Muna dudaba—. Tu espada. ¿Dónde está tu espada?

Por un momento, un chispazo de preocupación nubló los

rasgos del ronin. Después abrió la palma de la mano imitando el juego de dados y se encogió de hombros.

—Ahora háblame de ti —dijo el hombre.

Muna frotó el fondo de su taza contra la rodilla.

—Ya ves cómo estoy —respondió. ¡Takanobu había perdido su espada en una partida de dados! ¡Y se llamaba a sí mismo samuray! ¿Es que este hombre no tenía honor?

—Veo que la fortuna ha sido más amable contigo que conmigo —el ronin se limpió la boca y el bigote con el dorso de la mano.

—Yo no quería abandonarte, Takanobu. Cuando volví esa noche a la taberna, allí no había nadie. Pensé que habíais muerto todos. Yo mismo estuve a punto de morir.

—¿De verdad?

—Si no hubiese sido por Fukuji, el espadero...

—¿Y dónde estás viviendo ahora, mocoso? —el ronin hizo una seña para pedir más vino.

—Todavía estoy allí —la muchacha llenó su copa. Takanobu esperó a que se fuera y se inclinó hacia el chico.

—Con toda tu buena fortuna, ¿no estarías dispuesto a ayudar a tu viejo amigo?

—Pues claro.

—Como ves, necesito una espada...

—Pero...

—Ahora mismo no tengo dinero, pero naturalmente...

El chico sintió un escalofrío. Sabía que Fukuji nunca vendería una espada a Takanobu, aun en el caso de que por un milagro tuviese el dinero.

—Yo ni siquiera soy aprendiz. No toco las espadas, Takanobu. Desearía poder ayudarte, pero no tengo ninguna influencia sobre mi amo. Es un hombre muy severo y duro —Muna empezó a mentir desesperadamente, ante el temor de la próxima petición del ronin.

—Yo podía haber muerto en aquel incendio. No fue gracias a ti, que me habrías dejado morir entre las cenizas.

Muna miró incrédulo al ronin. No había quedado nadie cuando él vio las cenizas de El Perro Rojo... ¿O había alguien? Aquel humo horrible.

—Pero mi vida está también perdida; sin una espada no soy nadie. Eso lo sabes —Takanobu bebió de un trago el resto del vino—. Como puedes ver, ahora no tengo dinero para comprar una espada, ni siquiera un arma miserable como la que antes llevaba. Y aunque tuviese dinero —dejó la copa con cuidado—, ¿cómo convencería a Fukuji de que hiciera una espada para mí? ¿Qué vería un hombre como ése cuando me mirara? ¿Qué ves tú? Un ronin sin espada, nadie, apenas algo más que un pordiosero de la puerta Rashomon —hizo una pausa, pero Muna no pudo rebatir sus argumentos—. Sin embargo, con una espada de Fukuji en mi cinturón —dijo inclinándose hacia delante—, ¿en qué me convierto? —el ronin echó atrás la cabeza—: ¡Un príncipe entre los guerreros! ¡Una divinidad! Ningún hombre o dios se atrevería a despreciar tal arma, ni al hombre que la lleva —volvió a inclinarse una vez más, con la cara enrojecida en la penumbra—. Una vez más mi vida está en tus manos.

—Pero no hay nada que yo pueda hacer —protestó Muna—. Si hubieses tenido respeto por tu espada, no la habrías perdido en el juego.

—A tu propio padre —el ronin movió la cabeza tristemente—, tu propio padre. ¿Es ésa tu venganza, hijo mío?

—¡Estás mintiendo otra vez! —Muna se puso en pie de un salto, temblando de rabia—. No me tortures con tus crueles bromas. Ya no soy un niño.

El ronin siguió en el suelo con las piernas cruzadas.

—Debería habértelo dicho antes, pero, cuando vi que tenías tan grandioso sueño de tu padre, no tuve corazón.

—Pero ahora necesitas algo de mí —dijo el chico, furioso.

—Exactamente —la voz del ronin era humilde—. De no ser así no te habría molestado de nuevo.

—¿Todo este tiempo has sabido dónde estaba? —Muna estaba a punto de llorar de rabia.

—Desde hace un par de meses.

—Tengo que irme. Mi amo me espera.

—¿Pensarás al menos en lo que te he pedido... hijo? —Muna puso mala cara ante la palabra del ronin—. Yo pagaré en cuanto sea posible.

Muna apartó la vista de la cara seria, asintió y echó a andar hacia la puerta.

—¡Por mi honor! —el ronin levantó ambas manos en el aire, con una sonrisa forzada. Muna se volvió y corrió hacia la lluvia, que seguía cayendo.

9 El festival de Gion

HABÍA prometido pensar en la petición de Taka-nobu. ¡Por los dioses, si al menos por un momento pudiese pensar en otra cosa! Era como un animal cazado entre dos filas opuestas de arqueros: todas las flechas volaban hacia él.

¿Podría ahora estar seguro de algo? De que había tenido un padre. Al menos eso. ¿Que ese padre había sido un guerrero? Probablemente. Su inocente madre no podía haber inventado todo el cuento. ¿Que su padre era un samuray Heike de alto rango? En ese punto su cuerpo se encendía y quería apartarse de la dolorosa pregunta, pero se obligó a encararla. ¿Era su padre un samuray de alto rango? No, más bien parecía que su padre lo había imaginado, inventando ese detalle para impresionar a quien estaba a su lado, tan fácil de impresionar. Quizá, sólo quizá, era un ronin que alquilaba su espada a capitanes de barco temerosos de los piratas, un granuja que se divertía en el puerto con muchachas de pueblo que escuchaban con ojos asombrados sus encantadoras mentiras. El crisantemo, ¿por qué no le había pedido que se lo enseñara?

Una visión cruzó por la mente de Muna; la visión de su madre, su pequeña madre tan aniñada, con Takanobu. Muna se pasó la mano por la cara como para apartar la escena. Pero si no era Takanobu, sería alguien como Takanobu. Eso era una lapa que él no podía despegarse.

El mismo Takanobu se pegó a Muna como una lapa durante las semanas siguientes. Apenas salía de la tienda del espadero cuando la alta figura vestida como un monje se ponía a andar a su lado.

—No puedo esperar, mocoso. No puedes dejarme de lado —el ronin se colocaba la mano abierta en el pecho—. A tu propio padre.

Pero Muna le dejaba de lado. Robarle una espada a Fukuji era algo impensable.

Mientras tanto, los brotes de arroz de la estación lluviosa asomaban sus cabezas verdes hacia el sol por encima de los arrozales. Más allá de los campos, entre el velo de la neblina veraniega, las montañas que rodeaban la capital también lucían un verde exuberante.

El festival de Gion había llegado. Por indicación de Fukuji, Muna fue al gran templo de Gion para ver el desfile y al afortunado muchacho elegido este año como paje sagrado.

El festival de Gion estaba dedicado a Susano, el dios de las tormentas, esa «impetuosa deidad» con la que nunca se puede contar. A veces era un gran héroe que mataba al dragón que asolaba a la humanidad, pero la mayoría de las veces era un chico travieso que gastaba bromas a su noble hermana Amaterasu, diosa del sol. Los valientes guerreros y volubles cortesanos de Heiankyo encontraban que era un objeto adecuado para su devoción.

Muna se abrió camino a codazos entre la muchedumbre para adelantarse y tener una vista mejor de la espléndida procesión cuando ésta se acercara a la puerta del templo. Montando un caballo blanco venía un chico de su edad; y ahí terminaba la semejanza. El muchacho era de rasgos perfectos, de piel clara, como quien siempre ha estado protegido de los elementos. Llevaba una casaca roja con brocado de seda, que dejaba ver un forro dorado. Sus anchos pantalones eran de una delicada seda azul, como el color del cielo en abril. Su largo cabello estaba atado bajo un gorro negro y alto de cortesano. Y a un costado llevaba una larga espada en una vaina enjoyada.

El *chigo*, o paje sagrado del festival, conseguía mantener una máscara de modestia en su rostro juvenil, pero al pasar bajo el dintel Muna vio el orgullo en su espalda erguida. ¿Y por qué no iba a estar orgulloso? Sólo él de entre todos los hijos de las grandes familias de la ciudad había sido elegido para bailar la danza sagrada en el templo de Gion y para representar en su persona al espíritu de los dioses.

«Él es el *chigo*, el paje sagrado de los dioses, mientras que yo... yo soy el sin nombre, una nulidad tanto para los hombres como para los dioses.» Muna bajó los ojos a sus pies cuadrados de aldeano.

Sintió un codazo en las costillas:

—Impresionante, ¿eh? —Takanobu estaba a su lado. Muna se enfadó: había estropeado su día de fiesta.

—Debo tener la espada antes de que acabe el festival —el ronin hablaba con los dientes apretados, para que no se le pudiese oír entre el estrépito de la multitud.

—No puedo —las flautas de los músicos sonaban lúgubres al pasar.

—Tienes que entenderlo —Takanobu seguía con los ojos fijos en la procesión mientras hablaba—. No es sólo por mí. La ciudad está preparada para una revuelta, puede ocurrir en cualquier momento —un samuray borracho pasó dando tumbos con una mujer de su brazo—. En cualquier momento, es decir, después de que algunos de nosotros nos recuperemos de los días de fiesta.

—¿Revuelta? —el retumbar de los tambores sonaba como una advertencia.

—Calla, loco —el ronin miró alrededor, después se agachó para acercarse al chico—. En la calle de los Boyeros, la tienda que está al norte del Santuario del Zorro. Te estaré esperando allí la última noche del festival —miró con ojos brillantes la expresión preocupada de Muna—. ¡Por el emperador, si no por mí! —y se mezcló entre un grupo de juerguistas.

Al son de los tambores, la procesión entraba ya en el

templo. Muna observaba los trajes alegres de los músicos, el samuray a caballo, pero en su mente estaba ensayando una escena con Fukuji.

«Es un ruego imposible el que voy a hacer, pero...» No. «Por la salvación del emperador y de la ciudad, ¿podrías...?» Otra vez no. No se hacía ilusiones sobre que Takanobu fuera a actuar por el bien del emperador.

Pero ¿por qué, por qué estaba tan preocupado por Fukuji?, se preguntaba. El espadero no le había prometido nada. Seguramente Muna ya había pagado su deuda de honor haciendo mil tareas domésticas durante los últimos seis meses. ¿No había nada más que esperar de la vida que un trabajo de mujer? Mientras que si le llevase una espada a Takanobu... Dom-dom, dom-dom. Su corazón saltaba al ritmo de los tambores. Otros hombres se habían hecho un nombre en la batalla... Sin embargo, si tuviese alguna esperanza de que Fukuji le hiciera su aprendiz... Pero ¿y si Takanobu fuese de verdad su padre?

Su cabeza daba vueltas entre actitudes opuestas. La multitud empujaba ahora hacia los muros del templo, pero el chico empezó a andar en dirección contraria. Pronto cumpliría quince años y sería un hombre. En algún lugar de este estrecho país tenía que haber un sitio para él; ¿o tenía que hacerse su propio sitio? Eso era. El que no tiene suerte tiene que labrarse su propia suerte. Se abrió paso a codazos entre el gentío. Eso era. Era casi un hombre y un hombre tiene que hacerse un lugar donde estar, debe apoderarse de su propia fortuna.

El espadero estaba sentado junto a la piedra de afilar. Así que ya había terminado de templar la espada de Muratani.

«¿Era por eso por lo que quería que me fuera? ¿Tiene miedo de que yo descubra sus preciosos secretos a través de una puerta cerrada?», pensó Muna.

—¿Cómo ha sido? —la cabeza entrecana siguió inclinada sobre la rueda cuando Fukuji habló. Continuó sosteniendo con delicadeza la hoja mientras mantenía en movimiento la piedra con un rítmico pedaleo.

—Como siempre —contestó el chico con frialdad, tan absorto en su resentimiento que olvidó que era la primera vez que veía el festival.

El espadero no se lo recordó.

Muna dio un golpe a un guijarro con la punta de la sandalia.

—¿Va a estar pronto lista la espada de Muratani?

—Sólo falta afilarla y pulirla. Para el fin del festival...

Muna tragó saliva. ¿Era un signo de los dioses? Dio un puntapié a una piedra imaginaria.

—¿Qué pasa, Muna?

—Yo... Bueno, en Año Nuevo cumpliré quince años.

—¿Sí? —Fukuji continuó el afilado. La hoja reflejaba la luz del sol y cegaba los ojos de Muna.

—Ya seré un hombre.

—Sí, bueno...

«Maldita frialdad.»

—Tengo que saber lo que piensa de mí, Fukuji.

El espadero levantó la hoja y pareció estudiar su superficie.

—¿Lo que yo pienso de ti?

—Sí —el chico se atragantó—. ¿Va a hacerme su aprendiz?

El silencio se elevó y creció como las olas de la marea al acercarse. Muna quería volverse y huir antes de que le cubriese, pero obligó a sus pies a aferrarse a la temible crecida. Por fin el silencio se rompió, chocando con su cuerpo rígido.

—Chiquillo —dijo Fukuji—, la pregunta adecuada debe ser: ¿qué piensas tú de ti mismo? —«Chiquillo, chiquillo.» Muna pensaba que estaría confuso, sofocado, pero el hombre continuó su tranquilo asalto—. Si tú no estás contento contigo mismo, ¿qué importa lo que yo piense? —sus ojos penetrantes se volvieron a la hoja. El pie fuerte y seguro empezó otra vez el pedaleo.

¿Era ésta su respuesta? Por los dioses, él merecía algo mejor. Las protestas se amontonaron en su cabeza. «¡Mírame! ¡Fukuji, sálvame!»

Pero la conversación había terminado.

Sin una palabra, sin un «con su permiso», el chico salió. Akiko. Ella le ayudaría. Ella no pensaba que era un niño estúpido. Ella le escucharía. Empezó a correr, agitando el pelo tras él, como una bandera de guerra.

Dom-dom, dom-dom. Dom-dom, dom-dom. Sólo le despreciaban. Takanobu. Fukuji. Todos le utilizaban. «Mocoso.» «Chiquillo.» Para ellos no era nada. Dom-dom, dom-dom. Akiko no le despreciaría. Tenía que verla. Tenía que saber que era alguien. Estaba llorando de rabia.

Desde la tienda de sandalias llegaban ruidos de risas y conversaciones con un tono elevado, como en una celebración. ¿Con Kawaki tan cerca de la muerte? ¿Cómo se atrevían?

—¡Akiko! —casi vociferó su nombre en la puerta.

—Ah, el chico del espadero —el tío le saludó con una inclinación amanerada, con una copa de vino de arroz en su mano rolliza.

—¿Y Akiko? —esta vez era casi un susurro.

—Ah, sí. Bueno, muchacho, temo que nuestras tristes noticias todavía no han llegado a tus oídos —su rebuscada amabilidad era molesta—. Nuestro querido Kawaki, esposo de mi difunta hermana, unos ocho días antes de empezar el festival...

—Akiko. ¿Dónde está Akiko? —un temor horrible se había apoderado del chico y todo su cuerpo empezó a temblar.

—Hemos sido muy afortunados —el tío tosió dándose importancia—. Está muy bien situada.

—¿Dónde? —gritó Muna ahogándose con la palabra.

—Sí. Es una casa muy agradable. Una de las más grandes en la avenida Rokujo, sólo a un paso de Suzaku Oji —movió el vino en su copa, completamente ajeno a las agonías por las que estaba pasando Muna—. Siempre ha sido una chiquilla preciosa, tú lo sabes. Realmente desperdiciada en una tienda de sandalias.

«Tengo que irme antes de que lo mate», pensó Muna. En algún lugar distante, una flauta solitaria gemía su tristeza hasta el cielo insensible.

10 La casa de la avenida Rokujo

AL bajar corriendo por Suzaku Oji, Muna sentía un amargo sabor a bilis en la boca y la cabeza le zumbaba a cada paso como si una piedra grande se balancease de un lado a otro de su cráneo.

Akiko, Akiko. No tenía ningún plan: no más premeditación que la del oso feroz al que roban su cría. Simplemente corría hacia donde creía que ella podía estar, decidido a salvarla sacándola de allí.

Cuando llegó al cruce, torció a la derecha. Una casa grande, había dicho el tío, sólo a un paso de Suzaku Oji. La calle ya estaba poblada por los juerguistas del festival, que buscaban coronar su día con una noche en un barrio de mala reputación.

Muna se abrió paso hasta la puerta de la casa más grande. En el umbral había una mujer con un quimono chillón, la cara empolvada de un blanco fantasmal, sobre el que se había pintado las cejas y los labios. Su boca se curvaba en una exagerada sonrisa. Extendió un largo brazo y cerró la entrada:

—Primero paga, pequeño. Después serás bienvenido.

La garganta de Muna estaba tan seca que apenas podía hablar y su cuerpo todavía palpitaba por el esfuerzo de correr tal distancia.

—Akiko —jadeó—. La hija de Kawaki, el fabricante de sandalias. ¿Está aquí?

La mujer se rió de forma estridente y triste.

—Primero paga.

—No tengo dinero —gritó él—. Por favor, por favor, ayúdeme. Tengo que encontrarla.

—¿No tienes dinero? —levantó las cejas pintadas—. ¡Kato! —llamó con voz aguda hacia la casa.

Apareció un hombre fornido que llenaba con su cuerpo el umbral de la estrecha puerta. La mujer movió bruscamente la cabeza hacia Muna y dejó caer el brazo. El hombre dio un paso hacia él, con las piernas abiertas como un luchador, sus enormes brazos musculosos separados del cuerpo, todo él preparado. Pero Muna fue más rápido. Esquivó aquella montaña humana y se coló en el interior oscuro.

—¡Akiko! —gritó—. ¡Akiko!

De todas las puertas asomaron cabezas, caras empolvadas le miraban. De pronto apareció una chica. Vestía un brillante quimono rojo y azul y llevaba el pelo sujeto por encima del cuello. Su cara, como la de las otras, era de un horrible blanco con manchones negros en las cejas y una herida roja en la boca. Cuando la abrió para hablar, descubrió los dientes ennegrecidos.

—Vete, Muna —era ella. «Misericordioso Kwannon, ¿qué le han hecho?»—. ¡Deprisa! Por favor, te lo ruego, vete.

—¡Akiko! —tendió la mano para agarrar su brazo. Tenía que llevársela de aquel lugar espantoso. Pero, cuando tocó la manga, sintió un dolor agudo en la cabeza. Apenas se dio cuenta de que el llamado Kato le arrastraba fuera de la casa. Allí, armado únicamente con su maciza mano derecha, Kato empezó a golpearle fría y sistemáticamente. El dolor le rodeó como una cueva oscura, pero desde el pequeño rincón consciente que le quedaba Muna confesaba una especie de admiración por el trabajo del hombre. Llevaba a cabo su tarea como un artesano, ejerciendo su oficio con pequeños gruñidos de concentración y la cadencia natural de un verdadero artista. Muna apretó los dientes y apartó su mente del dolor hacia el rítmico sonido de la carne golpeada.

Y de repente había pasado. Kato se estaba limpiando las manos en el delantal.

—Ahora —dijo, y las palabras zumbaban en la cabeza de Muna—, ahora, asqueroso hijo de nadie, intenta un truco como éste otra vez y golpearé a la chica igual que te he golpeado a ti esta noche. En cuanto a ti —escupió, y el frío escupitajo hirió la piel ardiente de Muna—, ¡quién sabe lo que puedo hacerte!

Agarró al chico por un brazo y una pierna y lo lanzó a

la calle. En algún lugar que parecía muy distante, Muna oyó cerrarse una puerta y voces y risas, pero el zumbido de su cabeza era cada vez más fuerte y bloqueaba cualquier otro sonido.

«Voy a morir.» El pensamiento cruzó el zumbido febril, con claridad y frialdad.

—No —oyó su voz afónica y débil. Se obligó a ser fuerte—. No —luchó por ponerse en pie, para caer de nuevo. Durante largo tiempo estuvo allí tendido, el más ligero movimiento le producía dolor en todo el cuerpo. Después, como un caballo de guerra, se forzó una vez más a ponerse de pie y, agarrándose a las paredes de los edificios para sostenerse, regresó a la tienda del espadero.

Al amanecer se arrastró fuera de su edredón y comenzó a cumplir sus obligaciones. Durante todo el día sintió la mirada del espadero observándole, preguntando con los ojos lo que significaban sus magulladuras. Pero el chico no dijo nada. No daría ninguna pista a su amo del furioso espíritu encerrado en la caja de carne dolorida.

11 LADRÓN DE FORTUNA

*D*ULCE *Akiko. Ellos te han destruido. Detrás de las ventanas enrejadas de la avenida Rokujo. ¡Por sólo unas cuantas monedas! Si pudiera matarlos a todos, lo haría. Si pudiera liberarte, juro ante los dioses que lo haría. Tú sabes que no puedo. Pero no podrán conmigo: eso, al menos, lo prometo. Los utilizaré como ellos me han utilizado. Arrancaré mi fortuna de sus manos avariciosas. No nos aplastarán a los dos.*

Durante los días siguientes, Muna realizó sus tareas diarias en casa del espadero con una eficiencia que le habría sorprendido si hubiese pensado en ello. Se anticipaba a las órdenes de Fukuji, incluso a sus deseos. Nada quedaba olvidado o a medio hacer, sino que cada trabajo se completaba según lo esperado. El muchacho trabajaba con febril intensidad; sus rasgos inmóviles, sus labios silenciosos.

Por fin la tormenta interior se calmó. Su corazón también

permanecía silencioso. Era como si, al haber tomado una decisión, tuviese que apartar cualquier recuerdo que pudiera causarle dolor o hacerle reflexionar, y cerrase una puerta contra cualquier asomo de remordimiento.

Muna no observaba el trabajo del espadero en el patio, no con los ojos. Pero el chico estaba atento a cada fase del afilado y pulido. La empuñadura, con su guardamano profusamente adornado, y la vaina, sobre la que se había pintado un ramo de crisantemos en pan de oro, ya habían sido entregadas por el artesano al que se había confiado su creación. Ya no faltaba mucho.

Dos días antes del fin del festival, el espadero se puso de pie de cara al este y levantó la espada hacia el sol de la mañana, como si dijera: «Mira, oh Amaterasu, lo que tu hijo ha extraído del fuego y del agua». Después llamó al muchacho para examinar la espada terminada.

Muna jadeaba, no podía evitarlo. La hoja ligeramente curvada estaba afilada y pulida de modo que el resplandor del sol se reflejaba con tres diferentes matices. El mediodía brillaba en el pulido refulgente del borde de atrás de la espada; en el corte afilado, una media luz grisácea; y entre los dos una zona semejante a la luz del sol tratando de perforar nubes de nieve en una tarde de invierno.

—¡Oh! —Muna alargó la mano por un momento bajo el sortilegio de la hoja perfecta; pero se dominó y la retiró enseguida—. ¿Debo llevar recado a Muratani de que la espada está lista?

—Hum —el espadero asintió—. Falta sólo el grabado final. Todavía tengo que decidir el lema adecuado para esta belleza. Dile que mañana al caer la tarde habré terminado.

Dentro del chico estalló un regocijo silencioso. Su plan iba incluso mejor de lo que había esperado.

Muna salió rápidamente hacia los cuarteles, apartándose de su camino para evitar el cruce de Suzaku Oji con la avenida Rokujo. «¿Se habrá traído el pez de colores?» Muna borraba deliberadamente cualquier pensamiento que lo debilitara. Cuando tuviese poder y un nombre por el que se le reconociese, volvería.

El samuray Muratani no intentó disimular su descontento ante la noticia que le traía Muna:

—Pero yo esperaba que la espada estuviera lista para el fin del festival...

—Mi amo siente el retraso.

Aunque mentir era una práctica nueva para Muna, se sintió malévolamente complacido al ver con qué facilidad su lengua se adaptaba a ella.

—Por otra parte, ni usted ni él estarían satisfechos con menos de una hoja perfecta. Él está seguro de poder hacer otra para el final del verano. Aunque —dio a su voz un tono de experto— uno no puede decir cómo va a salir una hoja del último templado, ya sabe usted.

—Por supuesto —asintió Muratani—. Dale mis recuerdos —puso unas monedas en la mano del chico, como era su costumbre. Esta vez Muna no dudó en aceptarlas—. ¿Hasta el mes que viene, entonces?

—Hasta el mes que viene —el chico se inclinó y se fue.

—Pero yo creía que estaba ansioso por tener la espada...
—Fukuji se tiró de la barba, perplejo ante el recado del chico de que Muratani no vendría a recoger la espada antes de un mes.

—Oh, sí. Su amigo dijo que vendría en cuanto volviese.

—¿Dijo qué era lo que pasaba en el monte Hiei?

Muna se había preparado para esta pregunta:

—Los sacerdotes guerreros. Se rumorea que están preparando otra incursión contra la capital. Así que el señor Kiyomori ha enviado a Muratani y a algunos criados para investigar.

—Esa plaga de sacerdotes. Como si los Genji y los Heike no nos trajeran bastantes problemas —Fukuji se levantó de la mesa baja donde había estado sentado, con la espada ante él, y colocó cuidadosamente la hoja en la vaina—. Al menos tengo más tiempo para pensar en el lema.

Muna observó desde la puerta de la cocina cómo el espadero cogía la llave del almacén de debajo de una piedra suelta. Después Fukuji abrió la pesada puerta y colocó la espada en un estante dentro del almacén.

«Pasarán días antes de que Fukuji descubra que ya no está. Y cuando se dé cuenta, estará bastante lejos. Porque no se le ocurrirá que yo la he robado», pensó el chico con gesto satisfecho.

Clac-clac, clac-clac. Un sereno solitario pasaba por la calle haciendo sonar sus zuecos de madera como anuncio de su lúgubre cantinela nocturna:

—Es la hora de las ovejas. Vigilad el fuego, vigilad el fuego.

Clac-clac, clac-clac. Repetía su llamada por las calles vacías. Se oyó el distante ladrido de un perro.

Muna se incorporó apoyado sobre los codos y escuchó la respiración regular del hombre en el jergón bajo la pared de las espadas. Por fin el chico se deslizó fuera de la fina colcha de verano. Estaba completamente vestido, excepto por las sandalias. Sin apartar los ojos del hombre dormido, salió hacia la cocina. Dio un traspiés en el peldaño. Apenas hizo ruido, pero el espadero se dio la vuelta dormido.

Muna se quedó quieto como un muerto durante largo rato. Intentaba no respirar, pero los latidos de su corazón sonaban en sus oídos como un tambor del festival. Cuando le pareció que Fukuji no iba a moverse de nuevo, el chico bajó y abrió la puerta centímetro a centímetro hasta que pudo salir por la estrecha abertura al patio iluminado por la luna.

Muna buscó la llave bajo la piedra suelta. Movió el pestillo silenciosamente y entró en el almacén. Estaba oscuro como una tumba y olía a moho por la falta de ventanas. Fue tanteando hasta localizar el estante y lo siguió con las manos hasta que sus dedos agarraron la espada. El latido doloroso de sus sienes fue más intenso cuando Muna salió del almacén, volvió a cerrar la puerta, puso la llave debajo de la piedra y salió por la puerta del patio hacia la calle.

Acababa de cerrar la puerta a su espalda, cuando notó una aguda sensación de frío en los pies. Tardó un momento, allí de pie en la oscuridad, en localizar el dolor, porque todas las funciones de su cuerpo parecían entonces difíciles y penosas. Se dio cuenta de lo que había hecho: sus sandalias. Las había dejado en la puerta de la cocina.

Maldijo su estupidez, pero no se atrevió a volver por ellas. No sabía dónde podía conseguir otras, pero por ahora tendría que andar descalzo sobre las ásperas piedras de las calles. No tenía otro remedio.

A la sombra de la puerta, Muna se desató el fajín que rodeaba su túnica y los pantalones y metió la espada hasta abajo de una de las perneras del pantalón. Después volvió a atarse el fajín. La espada le golpeaba la pierna a cada paso, pero finalmente se acostumbró al dolor de los pies y al golpeteo de la espada y llegó a encontrarlos extrañamente satisfactorios, como un peregrino que se enorgullece de su penitencia cuando hace el itinerario de los santuarios. «Pero mi viaje no es un viaje santo», se dijo con ironía.

Aunque no hubiese salido la luna, habría encontrado sin dificultad la calle de los Boyeros. Como solía decirse, uno cruzaba Suzaku Oji y seguía a su nariz. Cada área de la ciudad tenía sus olores peculiares, pero aquí el olor de los bueyes y sus excrementos rayaban el hedor de la miseria humana. Muna no era remilgado, pero la naturaleza de su misión, combinada con el asalto a su olfato y la suciedad pegada a sus pies, llevaban su espíritu al borde de la desesperación.

Pero no retrocedió. ¿Cómo iba a hacerlo? Pasó ante el Santuario del Zorro. Uno de los guardias parecía un aguafuerte, con su nariz prominente y sus orejas puntiagudas contra la luz de la luna. El corazón de Muna se detuvo: éste era el lugar.

12 El signo del crisantemo

L A tienda estaba completamente cerrada. No brillaba ni una luz a través de las rendijas. Muna dudó por un momento. ¿Y si Takanobu despreciaba su demanda? La idea le estremeció. Luego desechó la cuestión: era imposible que el ronin rehusara. Por una espada de Fukuji, Takanobu haría cualquier cosa.

Acercó la boca a los postigos y llamó en voz baja:

—¿Takanobu?

Esperó, sin saber si rogar que el ronin estuviese allí o no. Quizá todavía pudiera correr. Entonces oyó el roce de unos pies. Los postigos se abrieron y apareció la cara de una mujer.

—Takanobu; el guerrero Takanobu me está esperando.

La mujer solamente asintió y se apartó para dejarle entrar en el recibidor.

—Sígueme.

Muna arrastró sus pies con dificultad por el duro y sucio suelo del pasillo, después subió a la tienda detrás de la mujer, la siguió por el pequeño cuarto que daba a la calle y pasó retirando las cortinas que conducían al cuarto de atrás. Allí, a la luz de una sola lámpara de aceite, se sentaban en círculo varios hombres. Todas las caras se volvieron hacia él al entrar.

—Qué, ¿no os dije que vendría? —Takanobu se levantó del círculo sombrío y vino hacia él—. ¡Bienvenido, mocoso, bienvenido —palmeó a Muna en la espalda. Luego se inclinó y el chico notó su fétido aliento a vino barato—. La espada. ¿Dónde está la espada? —murmuró con voz ronca.

Muna se golpeó el costado donde escondía la espada. A pesar de la escasa luz, sentía todos los ojos fijos en él y no le gustaba esa sensación:

—Necesito hablar contigo... en privado —dijo en voz baja.

El ronin echó una mirada a sus compañeros, después hizo un gesto y guió al chico de nuevo a la calle.

—Déjamela —dijo.

Muna se desató la faja y sacó la espada; Takanobu extendió su gran mano, con el cuerpo tenso por la ansiedad, pero el chico no soltó la espada.

—Te he traído esta espada porque dijiste que eras mi padre.

Instintivamente el ronin dio un paso atrás.

—Pronto sabré si de verdad eres mi padre o no. Pero si

quieres ser mi padre para conseguir esta espada, entonces... entonces jura sobre su hoja que desde esta noche me mirarás como a tu hijo. Jura que podré seguirte a la batalla o a cualquier lugar que la suerte te lleve —el chico levantó la voz—, jura que me darás el nombre de tu familia.

El hombre se quedó sin habla. Su gran figura negra se dibujaba contra el cielo nocturno, pero Muna no podía ver su cara. Ahora que había lanzado su demanda, sólo podía esperar. Las palabras habían anulado su bravura. El sudor escurría por el cuerpo y punzadas dolorosas le atravesaban los pies.

—¡Ja, ja ja! —las fuertes risotadas sacudían el cuerpo del ronin—. ¡Valiente tonto! ¡Pequeño tonto pueblerino! ¿Has pensado por un momento que yo te ataría a mi cuello como la gran campana de un templo? —empezó a balancear el cuerpo como una imitación—. ¿Arrastrándome hacia abajo y sonando hasta destruirme? —se inclinó adelante una vez más y Muna vio sus ojos brillantes por encima de la barba enmarañada—. Ahora dame la espada y vete... como un buen mocoso.

Pero el chico se quedó en su sitio agarrando la espada.

—Así que no eres mi padre.

—Puedo serlo; cualquiera puede. ¿Por qué yo no, mocoso?

El cuerpo del muchacho temblaba de furia. Sacó la espada de la vaina y la levantó. Las risas cesaron.

—No, no —el ronin levantó la mano—. Ahora dámela. Despacio... como un buen chico.

Muna la dejó caer pesadamente. Takanobu dio un salto atrás, pero la bebida le había hecho lento. Muna vio horrorizado que un chorro negro saltaba del dorso de la mano del ronin.

Empezó a correr. Con la espada sujeta en una mano y la vaina en la otra, corrió sin pensar en sus pies magullados. El terror le empujaba.

Desde el Palacio Imperial, al norte, hasta la puerta Rashomon, al sur, se extiende Suzaki Oji, la amplia avenida desde el cielo al infierno. Muna se dirigió al sur; después de pararse sólo para volver a atar la espada bajo su ropa, se dirigió a Rashomon. La gran puerta elevaba su mole gigantesca en la noche, mientras a sus pies se amontonaban los desechos de la ciudad, tratando de olvidar su miseria en el sueño. El terror dejó paso al cansancio.

Muna se abrió paso entre las formas apiñadas hasta encontrar un espacio casi lo bastante grande para él. No podía acurrucarse, porque la espada le llegaba desde la cintura hasta los pies, como un extraño instrumento de tortura, y le obligaba a tenderse completamente rígido. Pero el sitio era demasiado corto; así que quedó echado con la espada debajo y la empuñadura clavada en la carne, los brazos cruzados sobre el pecho y el cuello y la cabeza doblados hacia el pecho. Por fin le venció el sueño, inquieto y plagado de pesadillas.

Estaba en su lugar secreto del pinar, pero soplaba el tifón. El árbol viejo tras el que se escondía parecía incapaz de resistir la tormenta. Se acurrucó aterrado contra el tronco, mientras el viento estallaba a su alrededor. La rama que cubría su cuerpo crujió y se rompió, dejándole a la intemperie. Pero, ¡oh, maravilla!, allí estaba su padre ante él, tendiéndole los brazos. Sobre su túnica de guerrero con brocado verde, vestía una armadura completa de cuero teñido de azul y punteado en rojo y oro. Su casco con cuernos brillaba, y la cara bajo el casco... la cara.... Muna luchaba por ver la cara, pero era como si sus ojos se nublaran cuando se esforzaba en mirar. Pero la voz. Él conocía la voz.

—El tatuaje del crisantemo, mocoso. ¿Por qué has tenido miedo de preguntar?

Y entonces, de repente, vio la cara: una gran mancha púrpura de nacimiento la distorsionaba en una mueca maligna: Ja, ja, ja.

Muna gritó en voz alta y se despertó medio ahogado. Miró a su alrededor asustado, sin saber dónde estaba; pero al moverse sintió la espada contra su muslo. Con un gemido lo recordó todo.

13 EL DIOS OLVIDADO

AÚN no había amanecido. Muna hizo esfuerzos por levantarse, pero la espada le impedía moverse. Tenía el cuerpo dolorido y rígido. Fue cojeando hasta el pozo comunal para lavarse.

El chico sacó agua y se enjuagó la cara y las manos. Luego recordó sus pies mugrientos y escurrió encima de ellos el resto del agua. El choque del frío contra su piel le hizo estremecerse. Quiso ver los cortes y magulladuras que se había hecho la noche anterior y, sin pensar en nada más, se inclinó para examinarlos. Pero, al doblarse, la espada empujó la pernera del pantalón y Muna se puso derecho rápidamente. No podía arriesgarse a romper los pantalones.

¿Qué podía hacer? Ahora se daba cuenta de que no podía ocultar por mucho más tiempo la espada en su cuerpo.

No podía agacharse o sentarse. Apenas podía echarse o levantarse con ella atada a él. Tenía que librarse de ella. ¿Y qué sucedería a quien ha robado una espada con el nombre de Fukuji grabado? Miró por encima de los tejados de la ciudad a las montañas que la rodeaban. Seguramente podría encontrar un lugar escondido entre sus espesos bosques, un templo desierto, quizá, o un santuario olvidado por los peregrinos.

Al este, tras las montañas, los primeros rayos rojos cortaban el cielo gris. Las criaturas de la puerta empezaban a moverse. Llegaban sonidos de toses y voces roncas, cuando los mendigos se despertaban para empezar el nuevo día. Por fin el guardián abrió las grandes puertas.

Muna se deslizó fuera y se dirigió a las montañas al oeste de la capital. Mientras subía un empinado camino de leñadores, el puño de la espada primero presionó contra su muslo, después se enganchó en la costura del pantalón, haciendo la subida casi imposible. El chico se paró y volvió a atar la espada en la parte de fuera de su ropa antes de seguir ascendiendo.

No estaba acostumbrado a tales subidas. Tenía que agarrarse a menudo a los troncos y raíces de los pinos que crecían a lo largo del camino para tomar impulso y seguir subiendo. Su respiración le cortaba la garganta como una hoja afilada. A medio camino se detuvo, exhausto, y se apoyó en un robusto arce.

—Ja, ja, ja —al oír la risa, Muna se volvió y se encontró frente a una cara arrugada. El hombre se doblaba bajo un haz de leña—. No estás acostumbrado a trepar, ¿eh? —los viejos ojos se estrecharon y los labios abiertos descubrieron unos cuantos dientes podridos.

Con las manos en la empuñadura de la espada, Muna plantó los pies con cuidado en el suelo desigual.

—No, no —la mano arrugada y morena se movió para protestar—. No me utilices para practicar, ronin. Je, je, je.

El viejo pasó delante de él y continuó la traicionera subida como una cabra de montaña. Muna oyó la débil risita mientras el leñador subía por el sendero a increíble velocidad y desaparecía de su vista.

Por su parte, Muna se movía despacio, pendiente de cualquier señal del viejo. No se atrevía a dejar el sendero, porque tenía que encontrarlo de nuevo para bajar.

Al acercarse a la cima, el camino desembocaba en un saliente rocoso. El chico se volvió para ver la ciudad ahí abajo, iluminada por el sol de la mañana. Enseguida descubrió el largo conjunto de tejados del Palacio Imperial, aunque como plebeyo nunca se había acercado a los edificios más allá de los establos. Las aguas brillantes del río Kamo fluían hacia el este. Por la orilla se movía lo que desde arriba parecía una procesión de hormigas, que cruzaban el puente Gojo yendo y viniendo de Rokuhara. Las velas de los botes de pesca y de los barcos mercantes salpicaban el río.

Buscó otros puntos conocidos. La puerta Rashomon al sur y la ancha cinta de Suzaku Oji que llegaba por el norte hasta el palacio; el templo de Gion. Al no ser religioso, apenas podía identificar por su nombre alguno de los grandes templos. Se esforzó por reconocer algo hacia el sureste, pero los minúsculos tejados de las tiendas de los artesanos se amontonaban bajo el humo de los fuegos matinales y no podían distinguirse uno de otro. Casi le llegaba el olor a arroz y a sopa de judías; y también de salsa de ciruelas.

Se dirigió bruscamente hacia la cima. Como esperaba, había un pequeño santuario entre los árboles. Abandonado. Los pocos papeles con oraciones y ruegos que colgaban en las ramas cercanas estaban oscurecidos y desgarrados. En el cuenco de piedra ante el dios no había alimentos.

El chico miró alrededor con precaución. El encuentro con el leñador le había desconcertado. Los pájaros gorjeaban ruidosamente como comerciantes callejeros pregonando sus mercancías, pero no había señales de presencia humana.

—¿Señor? —llamó en voz alta—. ¡Eh, abuelo! —no hubo más respuesta que el aleteo y el piar furioso de los pájaros a los que había espantado.

Rápidamente contó veinticinco pasos al norte del santuario, mirando desde la imagen del dios. Cavó con una piedra afilada una zanja de un metro de profundidad aproximadamente y enterró allí la espada. Una vez cubierta de tierra y pisoteada, trajo musgo de entre los árboles para cubrir las señales. Después echó hojas y maleza encima del musgo. Nadie podría verlo, estaba seguro; nadie diría que allí había algo enterrado.

Bajó la montaña corriendo en algunos tramos, en otros escurriéndose, con el corazón más aligerado de lo que había estado desde hacía semanas.

—Je, je je.

¿Lo había oído o imaginado?

—Je, je je.

El sonido se perdió en un coro de gorjeos y chillidos. Sólo era un pájaro, estaba seguro.

14 EL VISITANTE

FUKUJI se sentó de golpe. No era un sonido lo que le había despertado, sino la falta de sonidos. No chocaban cacharros en la cocina ni se oía el cloc, cloc de zuecos en las piedras del suelo de la cocina o del patio. No le llegaba el olor del arroz cociéndose o de la sopa de judías caliente.

El chico se había quedado dormido. El espadero gruñó y se quitó el edredón de encima. Últimamente, todas las mañanas Muna se había levantado antes que él. En fin, era demasiado bueno para que durara. No, bueno no. Extraño.

Las contraventanas estaban todavía como las habían dejado por la anoche. Fukuji las abrió, dejando entrar en las habitaciones el sol del verano.

—¡Muna!

La cama estaba vacía. Quizá había ido al mercado a por comida. Fukuji enrolló las dos camas y las puso en la alacena, luego bajó y se calzó los zuecos en la cocina, al pie de la escalera.

Allí estaba el hornillo de carbón. El chico podría al menos haber encendido el fuego antes de irse. El espadero cogió el hornillo. Una vez, al principio, Muna había encendido el fuego en la casa y el humo casi los había ahogado a los dos. Fukuji abrió la puerta. El chico estaba aprendiendo, aunque hoy...

Su zueco tropezó con algo al pasar por el umbral. Consiguió recuperar a tiempo el equilibrio, antes de caer con hornillo y todo sobre las piedras.

Una sandalia de paja.

Lentamente, Fukuji dejó el hornillo y levantó la sandalia. Su mirada fue hacia la puerta del almacén. No notó nada anormal, pero el espadero entendió. Por los dioses que hubiera esperado algo mejor. Pero lo sabía. Sólo un ladrón va con tanta prisa que olvida sus sandalias.

Aunque el sol estaba alto y calentaba, un estremecimiento recorrió su cuerpo. Había tenido la esperanza...

Colocó el carbón y encendió el fuego, trabajando metódicamente, sin permitir que su mente se desviase de su ocupación. Llenó los pulmones y sopló con regularidad hasta que el carbón se encendió, después manejó el fuelle delante del hornillo y el rítmico movimiento apaciguó su mente.

Una vez disueltos los humos nocivos, lo llevó a la cocina y allí mantuvo su atención en el arroz hirviendo. Después se sentó muy derecho sobre sus pies en la estera del suelo y tomó un austero desayuno de arroz y adobo, masticando con cuidado cada bocado. Enjuagó el bol y los palillos en el agua que el chico había traído la noche anterior y después barrió con cuidado la casa y la cocina.

Trabajaba con energía y al empezar a barrer el patio hasta sus fuertes hombros le habrían dolido si él mismo se hubiese permitido notar algo más que el movimiento de la escoba contra las piedras. Hizo una pausa a la puerta de la forja, pero sólo un instante; después la echó a un lado.

—¡Qué honor conocerle por fin!

La criatura que estaba dentro se sentaba con las piernas cruzadas en la cubierta de la fría forja y una sonrisa aparecía como una larga hendidura entre su barba hirsuta.

Fukuji bajó la escoba y se apoyó en ella. No era un demonio. ¿Pero qué mortal se atrevía a entrar en este lugar?

Como si quisiera contestarle, el hombre harapiento dio unas palmadas en la forja:

—Para dormir le falta comodidad.

—Me atrevería a asegurarlo —Fukuji volvió la espalda y echó a andar hacia la casa.

El demonio, o quienquiera que fuese el extraño, se levantó ágilmente de la forja y le siguió:

—No tengo mucho tiempo, pero me gustaría detenerme lo suficiente para tomar una taza de té o...

—Pues claro —sin darse la vuelta, Fukuji entró por la puerta de la cocina, con el extraño pegado a sus talones. Subieron al cuarto alfombrado de esteras. Fukuji oyó caer ruidosamente los zuecos del hombre en las losas de la cocina cuando el extraño puso sus sucios pies en las limpias esteras del cuarto.

—El vino está frío —dijo el forzado anfitrión.

—No necesita calentarlo por mí —le aseguró su huésped levantando su gran mano para protestar.

El espadero trajo una botella y dos pequeñas copas a la mesa baja. Las llenó sin levantar la vista. El hombre la apuró de un trago y después chasqueó los labios como una muestra de aprecio.

—Tengo que tratar un asunto con usted, espadero.

Fukuji esperó.

—Querrá usted oír lo que tengo que decirle.

Como Fukuji seguía sin hablar, el hombre siguió:

—Sin duda usted sabe quién robó la espada.

No hubo respuesta.

—Yo sé dónde está y se la traeré —sonrió y sacudió su gran cabeza—. Oh, no es más que un pequeño bribón. Usted se compadeció de él, y ya ve —extendió su gran mano, que estaba vendada—. Pero se lo traeré... junto con la espada —añadió inclinándose hacia adelante.

Fukuji estaba sentado, sin beber y sin moverse, con los ojos oblicuos fijos en el hombre que tenía delante. Sin duda era el ronin de Muna, resucitado de una supuesta muerte.

Cuanto más silencioso estaba el espadero, más deprisa hablaba el ronin, maldiciendo al chico y jurando por su propio valor traer al malvado ante la justicia.

—Todo lo que tiene que hacer usted cuando yo traiga al chico, con la espada, con la gran espada, por supuesto

—concluyó observando al espadero tan detenidamente como Fukuji le observaba a él—, es darme una de sus espadas. No una magnífica, como la que ese gandul ha robado, sino una normal —sonrió como si reconociese la contradicción de sus palabras—, una de las espadas normales de Fukuji —sus ojos resbalaron de la mirada del otro a la botella—. ¿Sellamos el trato?

—Pero usted está equivocado —la voz de Fukuji era tranquila—. No me han robado nada —dicho eso se levantó y recogió los zuecos del visitante de la cocina. Se arrodilló al borde de la estera, se inclinó y los colocó sin hacer ruido en las piedras del pasillo de entrada. Se quedó de rodillas, esperando.

Tras un momento, el ronin se puso de pie, bajó y metió a la fuerza los dedos de los pies en el cuero desgarrado de los zuecos. En el estrecho pasillo se volvió y sopesó con cuidado la rígida figura arrodillada en el suelo más arriba.

—Era un bribón, pero listo, ¿eh? —el ronin hizo una pausa, concentrado en arrancar la suciedad del pulgar izquierdo con la uña del índice derecho—. Un linaje de granujas, pero nada tontos.

—¿Linaje? —Fukuji repitió la palabra como si se la arrancasen. Después se maldijo por su tono e hizo un esfuerzo por dominar sus sentimientos—. ¿Linaje? —preguntó otra vez con los labios apretados.

Takanobu lo vio y sonrió.

—Usted es, espadero, acero templado y pulido; muy pulido. Pero —levantó el dedo hacia la nariz del otro—, pero yo percibo un arañazo. ¡Un arañazo! —repitió relamiéndose con la palabra.

—¿Usted conoce al padre del chico? —preguntó la voz fría.

—¿Que si conozco a su padre? Ja, ja ja —paró bruscamente y señaló sus propias narices—. ¡Yo! ¡Yo soy el desafortunado!

—Miente usted —Fukuji escupió las palabras.

El ronin estrechó los ojos, no con rabia, sino para estudiar al que le insultaba. Empezó a asentir lentamente; después se golpeó el pecho con los puños y, por fin, se puso a dar saltos en una especie de baile enloquecido, acompañado del golpeteo de sus zuecos contra las piedras de la entrada. Reía, reía, reía.

El espadero observaba en silencio.

—Usted... usted... —Takanobu jadeaba entre risas—. Usted... ¿quién iba a creerlo? Usted... ¡está celoso de *mí*! —y volvió a sus risotadas histéricas, agarrándose el vientre como si la risa fuera a reventarlo.

Fukuji esperó, usando el poder de su voluntad para dominar cada músculo de su cuerpo. Cuando al fin los sonidos no eran más que roncos jadeos, el herrero dijo:

—Enséñeme la prueba.

—¿Qué...? —hizo esfuerzos para recobrar el aliento—. ¿Qué prueba? El chico es un bastardo. Su madre ha muerto.

—Pero había un tatuaje. El muchacho me lo contó. Su madre le dijo que debía comprobarlo.

—¿Un tatuaje?

—Un pequeño crisantemo en el hombro derecho...; no, en el izquierdo.

—¿Un qué? —ahora ya no reía.

—Así que mentía usted.

—Sí... no —la confusión nublaba los ojos y la voz del ronin—. Maestro, yo sólo estaba fanfarroneando.

—Eso pensaba.

—No, no. No me entiende usted —el andrajoso ronin se bajó la túnica por el hombro izquierdo.

Allí estaba. Una flor diminuta y perfecta.

Se hizo un silencio que rompió Takanobu al escupir sobre las piedras.

—Usted es un samuray —empezó Fukuji.

—¡Un ronin! —protestó el hombre.

—Un samuray. Yo espero que tome la responsabilidad total por la vida y las acciones de su hijo.

—¿Responsabilidad? Maestro, ¿no me ve? ¿Sucio, harapiento, sin espada? Tenga misericordia —las palabras terminaron en un gemido.

—Entonces, si usted no pretende actuar como un padre...

—¡Se lo doy a usted! —Takanobu levantó al aire las dos manos—. Cada pelo de su condenada cabeza. No me acercaré a él nunca más. Lo juro. Lo juro —se golpeó el pecho con las manos—. ¡Déjeme!

—Es un placer —replicó el espadero secamente.

—Además, tiene que haber miles de tatuajes como éste —volvía a aparecer el viejo bravucón.

—Es muy posible.

—Usted sabe cómo son esos artistas: «Para usted algo especial» —frunció los labios en su imitación—. ¡Especial! ¡Bah! —escupió otra vez en las piedras.

—Sí. Bueno...

—Que tenga un buen día, señor —agachó la cabeza—. Sin rencores, ¿eh? Yo no le toco. Y usted no me menciona a las autoridades, ¿de acuerdo?

Así que el granuja tenía problemas con las autoridades. Bien. Serviría como la porra que necesitaba para mantener a distancia al ronin.

Fukuji hizo una inclinación que era a la vez acuerdo y despedida. Cuando dejó de oír el ruido de los zuecos, trajo agua y fregó las piedras del pasillo.

15 LA MUERTE DE LOS SUEÑOS

LA rabia le martilleaba la cabeza. Fukuji no había vuelto a sentir tal rabia desde que había visto a su joven esposa en su lecho de muerte, junto al cuerpo del hijo nacido muerto. El ronin se habría sorprendido de la transformación: el hombre de frío acero transformado al calor de la furia.

Encendió un formidable fuego dentro de la forja. Las llamas reflejadas quemaban como los hornos del infierno cuando hundió en el fuego el trozo de metal. Estaba desnudo hasta la cintura y el sudor corría a chorros desde sus hombros. Con las tenazas llevó el metal al rojo vivo hasta el yunque y puso sobre él el enorme martillo. ¡Clang, clang, clang! Y con cada golpe, una voz estallaba en un grito de agonía, «¡Ay, ay, ay!», como si el metal mismo gritase.

Por fin, extinguida la rabia, tiró el torturado acero a la

basura y apagó el fuego. Sacó agua del pozo y se la echó por encima de la cabeza y el cuerpo. Una vez vestido, se tendió en el suelo y se durmió exhausto.

—¿Fukuji?

Se despertó de inmediato, pero no era el chico. Había venido Muratani, de los Heike. El recado del muchacho le había parecido extraño. ¿Le iba todo bien al maestro?

—El chico ha dejado mi servicio.

—¿Y la espada?

—Ah, la espada...

—¿Quiere que le busque, Fukuji? ¿Le ha hecho algún daño?

—No, no. Es un asunto privado. Yo mismo le buscaré.

Durante un rato, los dos callaron. Después, el samuray dijo suavemente:

—¿Qué puedo hacer por usted?

El hombre más viejo levantó la mirada, sorprendido por el tono cálido de Muratani.

—El chico tiene un padre... en algún sitio...

—¿Y?

—Y quizá el señor Kiyomori pudiera encontrarle.

—Pero usted no tiene relaciones cordiales con el señor Kiyomori.

—¿Cómo lo sabe?

El samuray se rió.

—Un espadero que rehúsa hacer una espada para el más alto oficial del emperador no deja de ser una noticia. Déjeme hablar en su favor, señor. No puede hacer ningún daño.

▼ ▼ ▼

—Le estaría agradecido por ello.

Ese mismo día llegó el recado de que el señor Kiyomori recibiría al herrero en su mansión de Rokuhara. Siempre meticuloso, Fukuji se bañó y se vistió a la mañana siguiente con más cuidado incluso que de costumbre y, rehusando la oferta de Muratani de una silla de manos, caminó por el puente Gojo y se presentó en Rokuhara bastante antes del mediodía.

—Ah, Fukuji —el señor Kiyomori le hizo una seña para que se sentase en un cojín cercano al suyo—. ¿Cuánto tiempo ha pasado? ¿Ya dos años?

Fukuji asintió. Siempre le había gustado Kiyomori, porque el general era un hombre sincero, al contrario que la mayor parte de los aristócratas que merodeaban alrededor del emperador.

Trajeron vino y, mientras bebían, Kiyomori hablaba a su manera ruda y descuidada: del clima de verano, de los progresos de su hijo mayor en su entrenamiento con la espada. Habló también de su padre muerto y de su deseo de hacer una peregrinación para honrar su memoria.

Fukuji escuchaba la charla del general, esperando el momento propicio para hablar. Éste parecía acercarse:

—Vuestro padre era un gran hombre y era bueno, mi señor.

—Siempre lo fue.

—Fuisteis afortunado al tener tal padre.

—Sí.

Los dos sabían lo que sabían todos en la capital: que

cuando Tadamori, de los Heike, se había casado con la cortesana conocida como la Dama de Gion, había tomado como propio al hijo bastardo de ella. Pero el lazo entre padre e hijo había sido tal que sólo un idiota sacó a relucir la cuestión de los lazos de sangre. Y ese idiota sólo lo hizo una vez.

—Mi señor Kiyomori... el favor que quiero pediros...

—¡Sí, tu favor, espadero!

—Concierne a un chico que... —hizo una pausa—. En realidad, necesito información...

El general sonrió.

—No has venido al lugar apropiado. Los rumores no me llegan a mí. Pregunta a los criados.

—No, se trata de un hombre, un samuray que lleva un tatuaje, un diminuto crisantemo en el hombro izquierdo. ¿Conocéis a un hombre así?

—Me temo que sí —dijo Kiyomori cordialmente—. Para empezar seríamos unos doscientos...

—¿Doscientos?

—Para empezar. Fue una locura de juventud. Después de uno de los viajes al mar del Japón, cuando mi padre me llevó a la caza de piratas, a un grupo se nos metió en la cabeza celebrar nuestras grandes victorias con un tatuaje adecuado —volvió a llenar las copas—. Me dijeron que empezó entonces una verdadera moda de tatuajes de crisantemos. Algunos de ellos —se limpió la boca con la manga y sus ojos chispearon por encima del brocado—, algunos de ellos se arrepintieron más tarde. En política, las modas son lo que son, y los tatuajes, ay... —extendió las manos expresando un desaliento burlón.

—Ya veo. No hay esperanza, entonces.

—Bueno, seguramente tu samuray tiene un cuerpo sobre el que está dibujado ese tatuaje. Vamos a ver, tienes que contarme lo que sabes de él además de su pequeño y miserable crisantemo —y el general presionó al espadero hasta que Fukuji le contó todo lo que sabía sobre el chico, excepto que le había robado una espada.

—Temo por el niño, solo y sin amigos o dinero en nuestra ciudad tan revuelta. No sé a qué final puede conducirle esa búsqueda —bajó la mirada, consciente de que Kiyomori estaba estudiándole mientras hablaba.

—Ah, mi pobre Fukuji —dijo con una voz reservada habitualmente para las mujeres—, si tanto anhelas un hijo, ¿por qué no te casas otra vez?

—Yo no deseo un hijo —contestó; y sólo al oír sus propias palabras supo que mentía.

—Tengo medios para encontrar a la gente —dijo el general tranquilamente—. Podría encontrar al chico en unas horas, y no es imposible que pueda encontrar también a su padre, si es lo que deseas. Dime cuándo ha nacido el chico. Tenemos documentos de quién va a Awa y con qué fines oficiales. Como sabes, no nos podemos fiar de nadie.

—Quedaría agradecido.

—¿Bastante agradecido... —y Fukuji levantó la mirada para ver por qué dudaba el general— ... bastante agradecido como para cambiar de opinión?

—Perdonadme, mi señor. No he debido venir. Yo no puedo haceros una espada.

—¿No? —la voz no sonaba enfadada.

—Vuestra enemistad con Yoshitomo, de los Genji, pende sobre la ciudad como una gigantesca piedra de molino colgada de un hilo. ¿Debería haceros yo la espada que corte ese hilo?

—Fukuji, tú eres un espadero, no un niño —el general se levantó y empezó a dar zancadas de un lado a otro—. ¿Qué imaginas que hacen los hombres con las espadas? ¿Colgarlas en sus fajas como adorno?

—Sé lo que los hombres hacen con las espadas.

—Oh, para ti es fácil tomar postura de rectitud y justicia, Fukuji —Kiyomori evitaba mirarle de frente—. Mi tío fue un traidor. ¿Crees que yo deseaba matarle? ¿Sería más digno a tus ojos si me hubiera quedado a un lado como una mujer llorosa y hubiera ordenado su muerte a manos de otro?

—Yo no puedo juzgar tales cuestiones, señor.

—Ah, pero *tú* juzgas, Fukuji. Haces los instrumentos de muerte y después juzgas a los hombres que los utilizan. ¡Bah! ¿Sabes que eres un hipócrita, espadero? ¿Un hipócrita?

—Sí —contestó Fukuji—, lo sé.

Se inclinó ante la espalda del general y salió de la habitación sin esperar a que se lo autorizaran.

Fukuji empezó su búsqueda en la plaza del mercado, cerca de su tienda. Paseaba despacio, saludaba a los conocidos al pasar, pero al oír una palabra o una risa, volvía con rapidez la cabeza. Nunca era la cara que buscaba. Al atardecer había recorrido las calles de los artesanos y el distrito de los prostíbulos y ante él se levantaba la gran mole fantasmal de Rashomon, de cuyas torres algunos decían que mantenían la carne podrida del proscrito muerto y bajo cuya sombra se arrastraba la escoria del vivo.

Paseó lentamente de un puesto a otro, sin comprar nada, sin hablar con nadie, sin mirar realmente todas esas cosas que sus ojos parecían examinar. Porque todos sus sentidos estaban tensos a la espera de un indicio de la presencia del chico.

Y entonces lo vio. Estaba acurrucado contra un pilar, como si tuviera frío, aunque el aire de la tarde era caliente y húmedo.

Fukuji se acercó a la sombra de uno de los puestos. ¿Qué diría? ¿Cómo iba a aproximarse al muchacho? Muna pensaría que había venido para vengarse. Mejor no hablar hasta que Muna pudiese verle la cara y saber que no estaba enfadado. Empezó a moverse hacia el pórtico.

El chico se puso en pie de un salto. Fukuji vio que estaba temblando.

—¡Muna! —gritó. Pero el chico corrió a la oscuridad del pórtico.

Podría haber ido a su encuentro. Probablemente el joven se había escondido en una de las entradas de la torre. Incluso ahora podía estar mirándole. Pero se dio la vuelta. Había sido tonto al venir. Tonto por ir a Rokuhara. Tonto por pensar que podía o debía encontrar al chico. Muna no era cualquier pedazo de metal que él pudiera golpear y modelar según un boceto. Era casi un hombre. Tenía que encontrar su propio camino.

Pasó bastante tiempo antes de que el cuerpo de Muna, apretado contra las piedras húmedas de la pared de la torre, dejase de temblar. En aquella negrura esperaba oír los pasos de Fukuji. Escuchaba tan intensamente que los oyó cinco o seis veces, para darse cuenta después de que se había engañado.

Poco a poco el temor que sentía se convirtió en un temor aún más terrible: nadie lo iba a prender. Él era un ladrón y un traidor y merecía un castigo; pero por alguna razón adversa, conocida únicamente por aquel hombre extraño e inescrutable, no iban a castigarlo.

Fukuji iría a casa, sacaría su cítara y cantaría una triste canción que lo explicaría todo, pero nadie estaría allí para oírla. «Estamos muertos el uno para el otro, supongo», pensó Muna, «y todo lo que una vez nos unía permanece enterrado en la montaña».

Trató de estar alegre, porque ahora era libre. No tenía obligaciones, ni nadie deseaba que reparase nada. Debería sentir alivio, pero no: todo lo que sentía era un gran vacío. Hasta tenía un olor, ese sentimiento, fuerte y dulzón, pegado al recuerdo de la peste y el tifón, se metía por sus narices e invadía la garganta y el estómago. Extendió los brazos en la oscuridad, trató de encontrar la abertura por la que había entrado. Tropezó y su mano izquierda cayó dentro de una masa de... ¿crines de caballo? Qué locura, demasiado suave para un caballo. No. ¿Encima de qué demonios había caído? Pero ya no había dudas, ahora reconocía el olor. Sacó la mano, cruzó por encima de lo que fuera y se agarró a las paredes hasta encontrar la salida.

Corrió hacia la fuente como si llevara pegados a los talones todos los podridos espíritus del infierno, se lavó lo mejor que pudo, pero el olor seguía pegado a él.

Esa noche soñó. El gran guerrero con su casco dorado con cuernos vino de nuevo, tendiéndole los brazos. Y Muna corrió a ellos con todas sus fuerzas. «¡Padre, padre!», gritaba con alegría, pero la cara que le miraba desde arriba era una sonriente calavera.

16 La espada de Fukuji

AL principio se sentía como una peculiar criatura entre todas las peculiares criaturas de la puerta. Sus vestidos eran mejores que los de los demás, mientras que al mismo tiempo él estaba descalzo.

Pilló a los mendigos mirándole. Sus ojos iban de la cara a las ropas, luego a los pies y de nuevo a la cara. Sus expresiones nunca cambiaban, pero Muna leía preguntas detrás de esos ojos indiferentes.

Durante los primeros días, él salía de la puerta en dirección a las montañas cuando deseaba intimidad. En la puerta no había ninguna, por supuesto. Allí encontraba un arroyo y junto a él se quitaba la ropa, la lavaba y se lavaba él también. Siempre volvía a la puerta. Se había condenado al infierno y no trataba de escapar.

Pero, antes de terminar el verano, el tiempo había empezado a desteñir sus ropas. Había perdido la cinta que sujetaba su pelo largo y ahora colgaba enmarañado hasta los hombros. Poco a poco cesó de esforzarse por cuidarlo, o por mantener limpios su ropa y su cuerpo. Y, sin darse cuenta, Muna se mezcló en el batiburrillo que le rodeaba y se convirtió en una verdadera criatura de la puerta, que se distinguía de los otros como una mosca de otra en un montón de estiércol.

El verano se enfrió hacia el otoño. Por encima de la ciudad los arces encendían las montañas como un resplandor de pequeños fuegos entre los pinos. El cielo parecía una brillante joya que Amaterasu, la diosa del sol, hubiera lavado con lluvia chispeante y frotado hasta dejarla reluciente con el doblillo de su ropa de trabajo.

Pero el chico se sentía embotado. Ahora había dejado de odiar la suciedad, las noches sin sueño, la búsqueda de comida. En ciertas ocasiones se miraba los pies y se daba cuenta una vez más de que estaban descalzos. Siempre parecía sorprenderle. Debería haber gastado sus últimas monedas en sandalias, se decía. La comida había durado muy poco. Pronto sería invierno y él estaría todavía descalzo.

Con el invierno llegaron nuevos amagos de revuelta. Había habido misteriosos incendios durante el otoño y abiertas peleas entre los Genji y los Heike en las calles, pero en el último mes del año hasta las criaturas de la puerta discutían sobre cuándo estallaría la guerra y qué clan triunfaría. Y hasta Muna en su apatía sabía que Takanobu estaría entre los rebeldes.

Pero al otro lado del río Kamo, en la gran mansión de Rokuhara, el señor Kiyomori parecía sordo a los rumores y ciego a la violencia en las calles. Había planeado una peregrinación al santuario de Kumano en honor a su padre muerto y estaba decidido a emprender el viaje antes de comenzar el Año Nuevo.

Cuando estaba casi a una semana de marcha de la capital, el clan Genji atacó. Pusieron al emperador bajo guardia y tomaron todas las posiciones de las autoridades. Soldados Genji se apostaron por toda la ciudad y se hicieron preparativos para tomar Rokuhara. Pero las noticias del golpe de estado llegaron al señor Kiyomori, que reclutó ejércitos en las provincias más alejadas y marchó hacia la capital.

Siempre había soldados cerca de Rashomon, porque en la puerta las chicas eran más baratas que las de la avenida Rokujo y había además prestamistas que nunca hacían preguntas. Pero ahora las tropas Genji enviadas para vigilar la puerta estaban de mal humor. Eran arrogantes después de la toma de la ciudad, y, al mismo tiempo, temían el regreso de Kiyomori con su ejército sediento de venganza. Así que acosaban a las criaturas de la puerta. Las apartaban de sus propias hogueras y se llevaban las mercancías y a las chicas sin pagar. Para empezar eran hombres groseros y su temor a lo que quedaba fuera de la puerta los hacía aún más rudos y brutales.

Muna no ponía objeciones. Ahora pertenecía por completo a esa clase de gente que espera ser dominada por el resto del mundo, que piensa que objetar sólo les echará más males encima. Carecía de sueños de valor personal que le permitiesen pelear.

Entonces un día vio al leñador. Estaba hablando con uno de los guerreros Genji. «Je, je, je.» Muna oía esa horrible risa cascada, pero no entendía nada de la conversación.

¿Y si el viejo le hubiera visto esconder la espada? ¿Y si ahora estuviera tratando de vender la espada de Fukuji a uno de estos guardias brutales? Por la mente de Muna cruzó la visión de Fukuji sosteniendo la brillante hoja al sol. ¿Esa espada al costado de una de estas desagradables bestias?

Atravesó deprisa la puerta. Sus pies, envueltos en harapos para combatir el frío, apenas podían abrirse camino en el sendero helado. Se fue agarrando de un árbol a otro para subir, pero resbalaba con frecuencia en las raíces y ramas secas que aparecían en el camino, volvía atrás y tenía que hacer la subida de nuevo.

Como un sapo en un pozo. Pero continuó agarrándose con dientes y manos, y pies horriblemente helados, hasta alcanzar la cima y llegar al santuario abandonado con el cuenco de comida vacío.

Durante meses había olvidado todo sentimiento humano, excepto el hambre; y ahora surgía el miedo, mayor aún que el hambre, clavando sus tentáculos en cada miembro de su cuerpo destrozado. Contó los veinticinco pasos desde la cabeza del ídolo.

¿Estaba el lugar cambiado? Sí. No. ¿Cómo iba a saberlo? Trató de cavar en la tierra helada con los dedos, pero pronto tuvo que desistir. Encontró un palo afilado, que se rompió al primer intento. Por fin vio una roca puntiaguda y empezó a golpear en el suelo. Se detuvo a escuchar, pero el extraño ruido que oía era su propia respiración entrecortada.

Casi un metro en el suelo helado. Parecía una eternidad. Pero al fin vio algo brillante: uno de los crisantemos en pan de oro de la vaina. Alabados sean los dioses, esos dioses que tenía tan olvidados.

Continuó cavando hasta que apareció la espada en toda su longitud. La levantó con cuidado y limpió con el faldón de su túnica la suciedad de la empuñadura, el afiligranado guardamano y las flores de crisantemo de la vaina hechas en pan de oro.

Luego, casi con reverencia, sacó la hoja. Estaba impoluta. Los caracteres grabados «Fukuji» brillaban como burlándose de él. Volvió a envainar la espada rápidamente y la colocó una vez más dentro de sus pantalones.

Al pasar ante el santuario deseó tener algo, un pastel de arroz, un trozo de pescado; pero, al no poseer nada, cortó un trozo de pino y lo colocó en el cuenco vacío de las ofrendas.

Así fue como esa noche Muna se sentó ante el fuego con la espada de Fukuji atada a un costado.

Cuando llegó el primer soldado, se puso al lado de Muna mientras el chico trataba de calentarse. Pero entonces llegó un segundo soldado para quien no había sitio en el círculo.

—¡Eh, tú, pata tiesa! ¡Haz sitio a tu protector!

Al no saber a quién se refería con lo de «pata tiesa», Muna miró a su alrededor, de la forma estúpida que mira un chico mendigo.

—¡Te digo a ti, pata tiesa! —y el soldado le dio un tremendo puntapié que mandó a Muna dando tumbos hacia el fuego. Con un gran desgarrón, la espada se abrió camino en la ropa ahora hecha trizas y por unos segundos las figuras doradas de la vaina brillaron a la luz del fuego.

Muna luchó por ponerse de pie y juntó los jirones de la pernera para tapar la espada, pero ya era inútil. Todos la habían visto.

—¡Ja, ja ja! ¡Ahí era donde la habías escondido! —el leñador apareció sin saber de dónde y empezó a saltar regocijado—. Yo registré toda la montaña, ¡de verdad! Y estaba en sus pantalones todo el tiempo. Ja, ja ja.

El soldado apartó al hombre a un lado.

—Déjame verlo, chico. ¿Qué tienes ahí?

Muna retrocedió y luego se precipitó entre el círculo de criaturas asustadas que rodeaban la hoguera. Subió corriendo los escalones, pero las grandes puertas estaban cerradas. Al volverse encontró a los dos soldados justo debajo de él, empuñando sus espadas.

—O eres un espía o un ladrón. ¿Qué eres?

Muna estaba arrinconado como un animal mudo, sin comprender.

—En realidad no importa. Morirás por cualquiera de los dos delitos. Pero si nos das la espada, podemos...

La espada. ¿Este bruto cruel pensaba que podía llevar la espada de Fukuji? Algo humano, algún antiguo recuerdo de fuego purificador y agua limpia agitó el cerebro de Muna.

—Vamos, ahora. Dámela. Como un buen mocoso.

El chico hundió la mano en el forro de la túnica. Despacio, con mucho cuidado, sacó la hoja resplandeciente.

—Eso está mejor...

—¡Aaah! —saltó como un tigre sobre ellos. Cayeron hacia atrás al apartarse del camino mortal de la hoja. Y el chico corrió como un loco, con el pelo enmarañado agitándose tras él, corrió por las calles de la ciudad con la espada en alto. Iba a llevarla a casa.

17 EL RETORNO

El día ha acabado,
Las visitas se han ido;
En la aldea de la montaña
Sólo queda el aullido del viento
Y la tormenta en la cima.

Una pequeña lámpara de aceite temblaba a su lado y arrojaba sombras que se movían en la pared de las espadas. Fukuji estaba sentado cerca del brasero de carbón, mientras tocaba su cítara y cantaba a media voz. El frío era intenso y se detenía a menudo para calentar sus dedos entumecidos en las paredes de cerámica del brasero. Esa noche todas las canciones parecían melancólicas, porque los vientos de tormenta aullaban en la helada ciudad. Nadie podía protegerla de la devastación que se presagiaba. Tocó una línea de violentos acordes, que mezcló al final con otro tono solitario de las provincias.

> *Pasé por la playa*
> *En Tago y vi*
> *Caer la nieve, pura y blanca*
> *Allá en lo alto del monte Fuji.*

Y su espíritu se sosegó cuando ante los ojos de su imaginación la montaña sagrada se elevó sobre las llanuras en su simétrica perfección. Perfecta, excepto por el cráter en su cima; la cicatriz que testifica el tumulto que una vez se levantó dentro de ella. ¿No era más bella por su imperfección?

—¿Fukuji?

¿Una visita a estas horas? El espadero dejó la cítara y llevó la lámpara al pasillo de entrada.

Ante sus ojos sorprendidos se ofrecía una extraña visión. Un mendigo o trapero con larga ropa mugrienta y pelo enmarañado estaba descalzo sobre las piedras.

Pero sostenía una espada:

—Fukuji. He traído la espada.

Entonces el espadero lo reconoció. Era Muna.

El hombre tomó la espada sin poder hablar.

El chico sacó la vaina de su desgarrada túnica y, colocándola a los pies de Fukuji, se dio la vuelta para irse.

—Espera —por fin el hombre había recuperado su voz—. ¿Adónde vas?

Muna se volvió. Sus ojos estaban vacíos de expresión.

Fukuji se arrodilló, poniendo su cara al nivel de la del chico.

—No puedes volver a las calles. Kiyomori ha reunido un ejército a las orillas del Kamo. Por la mañana la ciudad será un río de sangre —puso la lámpara en el suelo y metió la espada en la vaina—. Quédate mientras tanto aquí conmigo.

Vio confusión en la mirada del chico mientras una negativa acudía a sus labios. Pero el espadero puso su fuerte mano en el brazo de Muna y le ayudó a entrar en la casa.

▼ ▼ ▼

18 LA CANCIÓN DE LAS PEQUEÑAS COLINAS

Esa noche, como Fukuji había predicho, la tormenta de la guerra estalló sobre la Capital de la Eterna Paz. Por la mañana las calles estaban manchadas con la sangre de los Genji y los Heike, mezcladas en la muerte. Antes de terminar la semana, incendios incontrolados hicieron estragos en todos los distritos, y el terror invadió avenidas y paseos cuando los victoriosos Heike sacaron de sus escondites a los simpatizantes de Genji y dejaron sus cuerpos sin enterrar en las calles.

Al anochecer del primer día, el espadero salió a la calle a buscar heridos sin hogar. Él y el muchacho dormían sobre las piedras del suelo de la cocina, cuando dormían, porque las habitaciones sobre la tienda estaban cubiertas con jergones en los que yacían heridos y moribundos. Fukuji y Muna se movían entre ellos, les daban agua y pequeñas

▲
133

raciones de comida. Así pasaron el cumpleaños del chico y el principio del Año Nuevo.

Cuando Kiyomori recuperó la ciudad, Yoshitomo y sus criados Genji trataron de huir, pero fueron perseguidos, apresados y decapitados en las orillas del Kamo. Incluso años después, Muna no podía pasar sin estremecerse por los lugares de la sangrienta ejecución. Esperaba que Takanobu hubiese escapado, porque, a pesar de toda su perfidia, el ronin había sido una vez su amigo. Y realmente el hombre no era un traidor. No le importaban nada ni emperador ni clan. Reservaba su lealtad para su propia piel de granuja.

Al llegar la época en que el ciruelo desafiaba con sus primeras flores pálidas el aire invernal, la ciudad había vuelto a una cierta normalidad, con un orden impuesto por la presencia de los guardias Heike. En la tienda, los pacientes que no habían muerto pudieron ir a las chozas levantadas sobre las ruinas de sus antiguas casas. A la verde promesa de los sauces en Suzaku Oji se había unido una vez más la profusión de flores de cerezo. Y al ver la fidelidad de la naturaleza, la gente de la ciudad cobró ánimos y empezó a reconstruirla.

Muna retomó también sus antiguas tareas: su trabajo de mujer que barre, friega y cocina. Pero ahora las hacía todas con una especie de alegría intensa, sólo conocida por los que han escapado de las fauces del infierno.

Fukuji estaba contento con él. El espadero no necesitaba decirlo. Cuando salía de la forja, sus ojos recorrían el inmaculado patio, y el hombre asentía. Sus ojos penetrantes se relajaban al saborear su arroz.

—Huum... —murmuraba complacido. Era suficiente recompensa.

Entonces una noche se detuvo con sus palillos en el aire, a medio camino hacia la boca.

—¡Vaya! —exclamó—. Lo había olvidado. En Año Nuevo te convertiste en un hombre; con tantos problemas no me acordé.

—Mmm —asintió el chico. Él estaba contento. ¿Por qué iba a preocuparse Fukuji, después de todo?

—Tú querrás un nombre apropiado, ahora que tienes edad —era mitad pregunta, mitad afirmación—. ¿Has elegido uno?

El chico negó con la cabeza:

—No tengo experiencia en esas cosas —murmuró tímidamente—. Quizá usted...

—No, no —el espadero movió sus palillos—. Tienes que escogerlo tú. Se trata de tu nombre, es a ti a quien debe gustar.

Muna había pensado en ello, claro. En otro tiempo había sido casi una obsesión ese nombre que sustituiría a «Ningún Nombre» de una vez para siempre. Pero ahora hacía ya tiempo que no pensaba en eso. Pertenecía a sus ensueños de muchos meses atrás, antes de que Takanobu hubiese reaparecido y Kawaki hubiese muerto. Antes de que él se hubiera librado del fantasma de un padre. Antes de saber lo que les sucedía a las chicas bonitas que se quedaban huérfanas. Antes de saber que él podía mentir, robar y traicionar. Durante varios días pensó de nuevo en su nombre, el que llevaría él y el que daría a sus hijos. Recordó y examinó de nuevo todos los grandes nombres que alguna vez había tenido en cuenta, pero ahora le parecían pomposos e inadecuados. Él era lo que era y ningún nombre cambiaría eso.

Una noche, ya avanzada la primavera, los dos estaban sentados en el patio, mientras Fukuji tocaba su cítara y cantaba la «Canción de las pequeñas colinas», de Isonokami.

> ¡Cómo se suceden las estaciones
> Invariablemente, en pasadas edades!
> La hierba saluda a la primavera con florido tapiz;
> Los árboles del verano cubiertos de hojas;
> El triste aliento del otoño en la fruta que cae;
> Ramas desnudas ante el viento invernal:
> Al verlo un año y otro yo sé
> Que también el hombre ha de florecer y morir.

La clara voz de tenor del herrero resplandecía en el aire de la noche: la voz viva sobre los acordes de la cítara, como gotas de lluvia en una tela de araña.

> He oído acerca de las colinas del Paraíso
>   pero nunca las vi;
> Miré hacia el país de los dioses,
>   sin saber el camino.

Sólo sé que al hacer una montaña
Tienes que apilar los terrones uno a uno.
¿Dónde entonces buscaría yo nobleza?
En lo que el corazón se deleita no hay nada vil.

Muna recordaba el día del entierro de su madre. Había subido la colina y mirado abajo sobre la tierra de su isla natal. ¿Había desdeñado lo que veía? No. Pero había codiciado la nobleza que pensaba encontrar más allá del mar.

Y esas colinas recortadas
Que no ocultan el curso del sol;
Esa charca clara y brillante
Agitada por el viento;
Pinos que se inclinan a saludar en el risco;
Rocas brillantes en el fondo del río
*   bajo la deriva de húmedos espejos;*
Nubes dispersas que cubren de sombras las cimas;
El surgir de la luna que ilumina los valles,
Cuando de uno a otro árbol saltan gritos de pájaros.

Muna siguió recordando. El pequeño dios olvidado que había salvado la espada: que lo había salvado a él.

A los que abandonaré, confiaré mi vida,
El Gran Creador, en sus obras diversas,
Bendice también al humilde y pequeño.
Si toda filosofía resuelvo en este acto,

Puedo cruzar los mares de Leviatán sin detenerme:
En el corazén oscuro de todo ser cabalgaré
Y viviré en los espaciosos salones de la hormiga.

«Bendice también al humilde y pequeño.» Si al menos su pequeña madre hubiese sabido esto y se lo hubiese enseñado. Pero no, no la habría escuchado. Él había ansiado tanto un nombre para probar su propia nobleza. Muna siguió sentado largo tiempo después de que las cuerdas cesaran de temblar bajo el latido del último acorde. El hombre esperaba.

—Puede parecerle extraño, señor —dijo por fin el muchacho—. Pero he decidido conservar el nombre de Muna.

La cabeza entrecana se inclinó sobre la cítara, sacando de ella acordes que encendieron el cuerpo del chico como llamas que saltan y bailan. No con un fuego furioso que devora al inocente como un dragón; sino como un fuego poderoso, purificador, alegre. Después la música cesó bruscamente. Fukuji se levantó y llevó la cítara al almacén. Al volver, sostenía la espada envainada de los crisantemos que Muna había robado muchos meses atrás.

Caminó deprisa hacia el chico, desenvainando la espada al andar. Fukuji dejó la vaina en su silla. Extendió su gran mano izquierda y agarró el pelo del chico atado en la nuca. Su mano derecha levantó la espada. Muna estaba demasiado asombrado para moverse o gritar. Entonces, ¡zas!, la afilada hoja cortó la cinta de tela. Fukuji tendió al chico el largo mechón de pelo.

▼ ▼ ▼

—Sería demasiado peligroso entrar en la fragua llevando esto —dijo. Después sonrió.

Así fue como Muna de Awa se convirtió en aprendiz de Fukuji de Nagano, maestro espadero de la capital. Y la espada de Fukuji, que había estado atada al costado de Muna, cuelga ahora desenvainada en la pared de las espadas, para que todo el que entre en la tienda pueda leer el lema grabado en ella:

«El espíritu se forja con el fuego.»

▼ ▼ ▼

ÍNDICE

1. *El huérfano* 7
2. *El rey de los piratas* 12
3. *La capital* 19
4. *En El Perro Rojo* 28
5. *Fukuji* 42
6. *En la tienda del espadero* 50
7. *Cerezos en flor* 59
8. *La lluvia* 69
9. *El festival de Gion* 78
10. *La casa de la avenida Rokujo* 86
11. *Ladrón de fortuna* 90
12. *El signo del crisantemo* 96
13. *El dios olvidado* 101
14. *El visitante* 106
15. *La muerte de los sueños* 114
16. *La espada de Fukuji* 123
17. *El retorno* 130
18. *La canción de las pequeñas colinas* 133